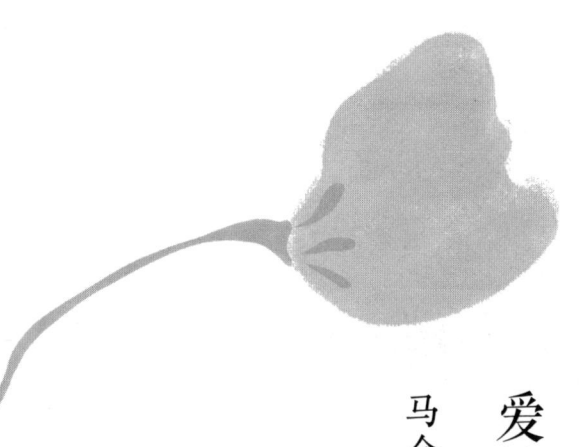

马金莲 著

爱情蓬勃如春

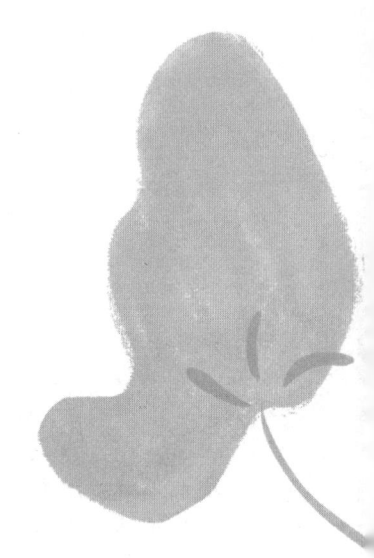

SPM 南方传媒 | 花城出版社

中国·广州

图书在版编目（CIP）数据

爱情蓬勃如春 / 马金莲著. -- 广州：花城出版社，2023.1
　ISBN 978-7-5360-9710-0

Ⅰ. ①爱… Ⅱ. ①马… Ⅲ. ①短篇小说－小说集－中国－当代 Ⅳ. ①I247.7

中国版本图书馆CIP数据核字(2022)第185414号

出 版 人：	张　懿
责任编辑：	周思仪　文　珍　王梦迪
技术编辑：	凌春梅
封面设计：	棱角视觉

书　　名	爱情蓬勃如春 AIQING PENGBO RUCHUN	
出版发行	花城出版社 （广州市环市东路水荫路 11 号）	
经　　销	全国新华书店	
印　　刷	佛山市浩文彩色印刷有限公司 （广东省佛山市南海区狮山科技工业园 A 区）	
开　　本	880 毫米 ×1230 毫米　32 开	
印　　张	8.25　1 插页	
字　　数	143，000 字	
版　　次	2023 年 1 月第 1 版　2023 年 1 月第 1 次印刷	
定　　价	49.50 元	

如发现印装质量问题，请直接与印刷厂联系调换。
购书热线：020-37604658　37602954
花城出版社网站：http：//www.fcph.com.cn

目录

爱情蓬勃如春	/1
落花胡同	/25
时间花环	/61
相 撞	/89
牛蹄窝纪事	/125
老蔫别传	/163
年 关	/193
亲爱的	/219

爱情蓬勃如春

1

木清清择偶的标准是她爸木先生。高大，英俊，脾气好，疼老婆，对老婆几十年如一日地好。前后有几十个男青年吧，被这个标准的尺子给量下去了。他们要么不够高大，要么不够挺拔，要么不够皮肤亮白，要么不够五官端正，要么脾气有一点大，要么不能保证一辈子对老婆好。这些缺点，是木清清自己检验出来的。木清清有一万条可操作的详细准则，随便拎出来一条，往头上一按，就能让一个男青年原形毕露，无处遁形。比如吧，男青年说亲爱的，我会一辈子对你好，你是我的心肝、我的眼睛、我的全世界。木清清说如果我和你妈同时掉进水里，我们都不会游泳，你先救谁？

青年甲眼神闪过一丝犹豫，被木清清淘汰，她说你犹豫说明你心里在掂量，就算是你最后可能会说救我，可我已经不敢相信。青年乙眼神坚定,毫不犹豫,说救你。木清清说淘汰,你不孝,连自己母亲都不救的人,紧急关头老婆也一样可以舍弃。青年丙同样眼神坚定,毫不犹豫地说救两个,哪怕舍出自己生命也要都救。木清清说淘汰,你太贪心,贪多嚼不烂,你会害死所有人。青年丁说他会游泳,他有能力不让所有人落水。木清清说淘汰,你是个吹大牛的人,不牢靠,因为你不可能是万能的,生活里总会有你不熟悉的领域。青年戊望着木清清笑,说你也太幼稚了吧,这老掉牙的问题你觉得有回答的必要吗?

木清清暂留了青年戊,她觉得这个人有木先生的神韵,遇到事情会反方向思考,有勇气拒绝。木先生在生活里就时不时这样发问、质疑、思考。他喜欢针砭时事,专门给本地报纸写时评,批评当今的社会风气。他除了在一家大学当教授,还是本地的政协委员,出门胳膊下夹个黑色公文包。他的锐利、思辨、敏捷,你都没办法反感,相反你会愉快地接受,因为他同时还是儒雅的、温和的。他会微微含笑望着你,一条一条列出他的想法,条理明晰,道理深刻,事例生动,口气和善。这样的木先生你能讨厌得起来?你只会产生一个感觉,世上的男人都要是这个气息——这样聪明、这样儒雅、这样温厚、这样包容、这样豁达,这世界就真的有意思得多了。

木清清和青年戊交往了一段时间，又黄了。她发现他只和木先生有一小方面相似，大部分差得太远。木清清就这样筛选了十几年，从二十几岁蹉跎到了三十好几。无数的男人，前赴后继，从她的筛子眼里掉下去了。没有一个能有幸长留在筛网上头。木先生等不及了，催她差不多就行，选一个结婚吧。木太太更是两眼都盼直了，说随便找一个结吧，好日子都是过出来的，好男人是日子养出来的，先把日子过起来才是正事。木清清觉得不可思议，说妈你不要站着说话不腰疼，你自己碰到了好男人你就偷着乐吧，不是谁都像你那么好命，能把随便一个男人用日子给养成我爸这样！不可能，不可能，现在的男人你不知道都有多柴，我是宁缺毋滥，大不了一辈子不嫁。气得木太太抹眼泪，拿木清清没一点办法。有时候你真是想不到，她这样温婉、和善又低调的女人，怎么就生出来这样一个骄傲、高调、目空四海的女儿。

木太太就为女儿发愁，清清一天不嫁，她一天心里不踏实，女人怎么能不嫁男人呢，嫁汉嫁汉，就算如今的女子不靠男人穿衣吃饭，好歹嫁个汉子才能算一辈子圆满嘛。木清清也想圆满，可除却巫山不是云啊，从小到大见识了木先生这样的好男人，被好男人的气息包围着，熏陶着，滋润着，影响着。如此环境里长大的女孩，如今你叫她随便找个人凑合，她不甘心，她不想妥协。她说再等等吧，说不定我命里的白马王子出现得迟一些，等到他我就嫁，做贤妻良母，和他琴瑟和鸣，举案齐眉。

这一天木太太是看不到了。她子宫里长了一个瘤。等发现的时候已经严重了。取了样本做了活检，大夫说是恶性的，已经扩散了。木清清从春风和暖一头扎进了寒风冰雪。生活就这样变化了。她再也没有时间继续相亲找对象了。她天天陪着木太太。有几天在医院，有几天出院在家里，再过几天又送到医院。木清清回想以前的日子，发现过去的三十九年就是她生命中的黄金时段，她从来没有真正地明白什么叫人间忧愁。现在人间忧愁来了。原来这样具体、这样细碎、这样繁多，是一分一秒的挤压，一个钟头一个钟头的累积，一个夜晚一个白天的重复。木清清除了泼眼泪，真不知道还能做啥。她的眼泪原来这样多，一碗一碗的，忽然就失控了，两只眼睛是水龙头，两碗水哗啦啦泼出来，把脸洗一遍。过一会儿，闸门忽然又开了，哗啦啦再洗一遍。她没心情洗脸，抹油，做面膜，保养。她像个八十岁的老妇人，披头散发，以泪洗面。她才发现在生死面前，从前喜欢做的那些事，都是没有意义的，都不能帮她留住想留的人。她哭得昏天黑地，她不能接受没有木太太的日子，没法想象没有她的日子自己要怎么活。

木先生再一次做出了表率。他帮女儿擦眼泪，哄她吃饭，换她回去睡觉。他拉着木清清的手，说不要紧，还有天堂哩，有一天我们一家人会在天堂里团聚。你妈妈只不过早一天去那个地方罢了，就像全家要去旅游，她提前去为我们订房子，订饭，看环境，一个道理。听到这样的话，木清清平静下来了，透过迷离泪眼，她有一点不是那么恐惧了，她看到了明天或者后天，木太太不在的日子，生活里还有木先生，家还在，家里的一切都不变。木先生会在家里等她，木先生会学习做饭，学习打扫卫生，会变着花样买菜做女儿爱吃的美食。完整的生活，木太太会带走一半，好在木先生还能留住另一半。这就已经很好了。残余的一半，也可以让她木清清躲避风雨，求得一点庇护。

　　木太太的病查出来后，木先生也有过失魂落魄，确诊的那一夜他在医院病房外走廊上走了一夜，像一个丢了灵魂的影子，在苦苦寻找自己。他和清清轮换守夜。他擦屎，接尿，擦身子，喂饭。女儿能做的，他都能做。护士建议雇个护工，不然家属也会熬坏身体的。木先生不答应。他不是舍不得钱，他工资高，不缺钱。他舍不得把木太太交给陌生人照顾。那段时间还不是暑假，木先生夜里陪护，白天还得匆匆赶往学校去上课。病情第一次稳定下来后，他建议带木太太去北京，到大医院看一下。省医院已经诊断得很明确，也在网上请北京的专家做了远程会诊。他还是要去北京。他在北京有朋友,还有个学医的学生就在大医院。北京之行还算顺利,去了就挂到了专家号,住进了医院。诊断结果和省里一样。住了一个星期,学生建议他们出院,因为实在太迟了,癌细胞扩散到了全身,再住没有实际意义。木太太就又回来了,躺在床上熬最后的日子。

木清清算是度过了以泪洗面的阶段。她知道母亲留不住了,要先走一步了,她和木先生都尽力了。有些事情不是你拼尽全力就能如愿的。生命里有美好,也有残酷,现在他们一家遇上了。她开始做抢救性的挽留,给木太太拍照、录像,留语音。逗她笑,送她康乃馨,拍她的睡容。这可是母亲要留给她的巨额财产啊,都是千金难买的。她还给父母拍各种镜头的合影。她要记录他们恩爱生活的模样。他们恩爱了几十年,眼看老了,还是照旧,这是多么难得的事。多少夫妻一辈子打打闹闹,走着走着散了,更有反目成仇、横眉冷对的,像木先生木太太这样和和气气一辈子的,世上少有。木清清遗憾自己明白得太迟,这样的记录应该早上十年,哦不,二十年、三十年,很早的时候就开始,就记录下每一年、每一天、每一顿饭、每一个温馨的时刻。可惜太迟了,过去她把这一切当作很普通的事,以为他们一家会长长久久在一起。谁能想到命运要给母亲按停止键。她真是想不通,这样好的木太太,这样好的木先生,这样好的一个家,为什么要被活活地拆开。生死的大手啊，它不讲理，不给你讲理的机会。

好在以前他们留下了不少照片。每年的结婚纪念日、每次出去旅游、每个人的生日，都要过一过的，这时候木先生会送礼物——玫瑰、首饰、化妆品，都是能让木太太喜悦的东西，然后就会留合影。合影里的木太太永远都是一脸温婉可人的笑。笑容清清的，淡淡的，不深，也不浅，好像日子对于她，既没有恓恓惶惶，也没有自满自傲，她永远都不抱怨，不炫耀，不夸张，不自卑。她是这样好。这样的好女人，配得上木先生的宠爱，配得上命运赐予她的幸福。木清清被自己的回忆深深打动，那些美好的日子回不来了，她要做个视频，把父母的合影都放进去，把现在的照片和录像都放进去，以时间为轴，串联起他们的几十年。她要写一本回忆录——《我的父母爱情》。不为出名，不为换稿酬，只为纪念父母这辈子的美好生活。

定下这样一个目标以后，木清清的悲伤没有那么沉重了，不再铺天盖地遮蔽她的全部世界，她清醒而冷静地陪母亲走完最后的时间。当木太太合上双眼的最后一刻，木先生身子滑在地上，他跪下了。木清清搀扶木先生，说爸你还有我，妈妈没了，我们还有彼此。她担心木先生会追随母亲而去。她太了解他们夫妻的感情了，木先生真的有可能会想不开寻短见的。木清清瞬间成熟了,她知道考虑问题的方方面面了。她一遍遍告诉木先生,妈妈走了,清清还在,清清会陪着爸爸,照顾爸爸,会让爸爸有个幸福的晚年。她甚至渴望马上就遇到那个命里的白马王子,和他组建一个幸福的家,把木先生接到一起,大家相亲相依过日子。日子会像过去一样的,木先生和木太太过出的那种日子,只要她的丈夫像木先生一样好,她自己也一定能像木太太一样好,他们一定会经营出木先生木太太过的那种日子。

2

木太太走后木清清开始安排木先生的生活。她制定了一个计划,框架很大,包括了方方面面,以时间为战线,拉得很长,基本上覆盖了木先生后半辈子所有的时光。具体指木先生的吃喝拉撒睡,包括眼下的、明年退休以后的、未来在各种疾病和变故面前的。木清清将自己放置在了有能力也有义务照顾木先生余生的位置上,她要尽为人子女的孝,她更想像木太太那样照顾木先生。以她近四十年的人生经验推断,没有了木太太,木先生应该像一个失去了亲娘的孤儿,他肯定要忧伤、孤独、无措、无助,甚至不会生活——尽管这几十年他也在挣钱,也会购物,偶尔帮木太太做做家务,他从来没有缺席他和木太太的共同生活；但是，木清清觉得他被木太太宠坏了。他宠木太太，是男人对女人的宠。木太太宠他，是女人对男人的宠。两者是不一样的。木清清在他们的生活里做了三十几年的旁观者，她将什么都看在眼里，沉淀在记忆里，她觉得自己早就掌握了其中的精髓要义。她知道木先生早就离不开木太太了，是那种几十年相依相伴、朝夕相处积淀下来的依赖。他怎么离得了木太太？他夜里睡觉搂着木太太，出差回来就诉苦说宾馆睡不好，没有木太太搂，他胳膊弯里空，他心里就好像丢了什么一样。他吃饭要木太太看着，木太太给他荤素搭配、营养平衡；他穿衣打扮都是木太太操持，他衣冠楚楚、光头整脸，背后都是木太太在料理。他就是木太太宠着的一个老婴儿。

现在监护人走了，这老婴儿可怎么活？木清清心头升腾起一种辽阔的母爱，好像一种沉睡的天然母性苏醒了，热腾腾的，不断膨胀，支配着她，让她越来越强烈地感觉到，母亲没了，留下的空缺她得顶上去，她要继续做老婴儿的监护人、照顾者。她要让他像母亲活着的时候一样幸福地活下去，直到寿终正寝。

木清清开始学习做饭。最基本的生存，从衣食住行开始，家常日子里，吃不就是最重要、最基本的？她洗手做羹汤，成了一名乖乖女。木太太病着的这段日子，她已经开始学了，简单的面、饭、菜，都涉猎了一下。那时候心不静，充满了无尽的担忧和各种奇怪的幻想：老担心木太太会立刻去世；幻想科技忽然发达到了能够治疗一切疑难杂症的程度，木太太的癌就是小儿科，不会夺走生命，她很快就健康如初；甚至幻想自己是武侠高手，能用真气和内功救人，她对着木太太发功，木太太的病灶就被彻底拔除了。那时候她其实成天晕晕糊糊的，人处于撕扯分裂的状态，心悬起来吊着。做饭是为了让木太太吃，是病号餐。现在她静下心来了，她做的是家常饭菜，她一边努力回忆木太太生前做饭的情景，一边把自己想象成另一个木太太。她正在撑起没有木太太的日子，她要成长为木太太一样的女人，就算可能这辈子都遇不到木先生这样的好男人来跟自己相伴，她也有信心将日子过成木太太活着的样子。

这其实是一种宿命。不管你最初多么离经叛道，最后，当时间画出足够的大圈，你会回到一条似曾相识的道路上。木清清正在越来越像木太太。她要做又一个木太太。木太太过过的那些日子、那种氛围、那美好的感觉，她是这样怀念、留恋、渴望。她想重建，把美好延续下去，为自己，也为木先生。做这些的时候，木清清发现自己很喜悦，心里充满了愉快，她一点点回味着过去的美好。木太太是多好的女人，木先生是多好的男人，那么好的男人和那么好的女人，成了夫妻，就有了一段好上加好的姻缘。她很幸运，做了他们的女儿，目睹和享受了这份美满姻缘造就的幸福。就算现在木太太走了，木先生成了孤雁，但这一点也不能削弱他们美好爱情的感人力量。而且，可能正是因为这份未能白头偕老的残缺，更加提纯了它的美好。还有什么比阴阳相隔的爱更让人绝望？还有什么比这种绝望产生的令人窒息的爱更崇高？木清清真是羡慕木太太，有时候她甚至会冒出一个有点阴暗的念头，凭什么木太太那么幸运，遇上了木先生这样的好男人？为什么我遇不到？难道所有的好运都被她一个人独占了？更过分的是，她会幻想，如果木先生不是木太太的丈夫，她也不是他的女儿，那么有一天她遇到了木先生，会不会不顾一切地爱上他？并且死心塌地地要嫁给他？哪怕是做什么二奶、小三儿，她都可能会考虑。她为自己的卑鄙偷偷苦笑，怎么能有这种念头？木先生为人正派，木太太心地善良，他们的女儿怎么能有这种十恶不赦的念头？她掐灭火苗，驱赶邪念，重新做回那个单纯善良、乐观开朗的木清清。

有一天木先生在饭桌上告诉木清清，对面大厦有公寓，可以租一套先让木清清搬过去，后面着手买一套房子给她住，房款他承担。木清清没太明白木先生的意思，啥意思？赶我走？嫌我烦您？我话太多，还是饭做得不好？您就将就些吧，毕竟人家才开始学习，假以时日啊，我会成长为我妈那样的多面手，让您吃得好，住得舒适，还不寂寞。这不，您喜欢古诗词，喝点小酒就作诗填词，吟诵给我妈听，我从前是对这个没兴趣，现在我开始学习了：那本《古诗词鉴赏》买回来了，还有网上的古典诗词入门培训班，我也报了，我已经从平仄押韵学起了啊，给我时间，我会像我妈一样懂您。

木先生不急着解释，他慢慢吃菜，等着女儿一口气表达完所有的想法，他才清清嗓子，含着微笑说清清啊，每个人都有自己的生活，生命是互相独立的个体，你有你的生活要过——木清清秒懂，赶紧打断他，不就是怕拖累我嘛，放心吧，不会的。您现在思维清晰，行动敏捷，腿脚健全，生活完全能自理，明年一退休更好，给您买个大躺椅，您没事就在阳台上晒太阳，慢慢地摇，慢慢地晒，慢慢地享受生活，好日子长着呢。您真的一点都拖累不着我，等十年、二十年以后吧，如果那时候身体不好了，行动不便了，不能自理了，而我正好太忙，那我们就请家政，现在的保姆很专业的，保证让您满意。

木先生又很有耐心地等女儿表达完，才接着往下说，清清我不是怕拖累你，爸的意思是，你有你的生活，爸也有爸的生活，爸才五十九岁，还有几十年日子要过，这后面的日子，我想过得质量高一点。

木清清眼睛大了一圈儿。木先生的话不好懂，也不好下咽，像泥沙里头掺了大石头，噎得人呼吸不畅。父亲什么意思？赶我走，不是担心拖累我，耽误我结婚生孩子，而是……过质量高一点的生活。是他，要过质量高的生活？立足点压根不是她木清清，而是木先生自己；也就是说，木先生考虑的不是木清清，是他本人。木清清伤心了，什么时候，父亲变成了这样的人？只为自己考虑，不替女儿着想？这还是木先生吗？他不是最疼清清的吗？说她是他的掌上明珠、前世的小情人儿。他常说自己这辈子有两个女儿，木太太是大女儿，木清清是小女儿，大女儿、小女儿都是手心里的宝。难道能因为大宝的离去，就不喜欢小宝了？不应该更加跟小宝相依为命吗？难道现在不是了？就因为木太太不在了？

　　木清清的眼泪下来了，顺着面颊簌簌地嘀嗒。木先生没有伸手来擦，只是递了一张纸巾。木清清的心在一点点变凉，她看出来了，木先生没有跟她说笑，他说的是实话。而且，她在哭，他看到了，可他没为她擦泪，只是递上纸巾。从前可不是这样的，从前只要她稍微不开心，他多忙都会抽出时间来哄，他的手不知道给她擦了多少次眼泪，有时候掬在手心里，笑呵呵说这可是金豆豆，金贵着呢，可不能随便抛洒。今天她已经落泪如雨了，他竟然没有伸手擦一擦的意思。难道是有什么变化了吗？一抹阴影闪过心头。木清清有一点明白了，木先生是认真的，他在赶她走，要把她从他的生活里赶走，他不需要她和他共处的生活，他需要一个人待着。

他是因伤心过度性情大变了吗？木清清惊骇过后，开始同情。看来木太太离世对他的伤害，远比自己预料的要严重。打击是沉重的。他连亲生女儿都不再接纳，他要把自己封闭在一个人的世界里，关上通往外界的门。木清清又感佩，又伤悲。为父母的真挚爱情，为木先生对爱情的执着，为相爱之人不能相伴到老的凄凉。可敬可叹哪。世人说鸳鸯情深、大雁呆痴，问世间情是何物，直教生死相许，木先生对木太太的心，真是不输于鸳鸯和大雁。如果说木太太在世时，木清清看到的是融化在柴米油盐酱醋茶当中的琐碎；那么在她身后，木清清看到了爱情的真正力量。死亡升华了爱情，让平凡普通的人间情感迸发出伟大耀眼的光芒。

3

公寓租好后，木先生亲自帮木清清搬家。这件事木清清从头到尾不愿意。以前她也一个人在外头住过，有时候一个人租房子，有时候和闺密合租，有时候忽然就回家来住。

木先生木太太就她一个宝贝女儿,哪怕是已经三十多岁的老闺女了,在父母眼里也还是个孩子,她啥时候回家他们都接纳。她要是有一周时间不回家住,木太太肯定打电话喊,做一桌好吃的等。这些年木清清像一只自由的鸟儿,想在哪个窝里栖息都可以。木太太病后这半年,她退掉外头的房子,一直住在家里。现在要搬出去,她以为跟以前一样,带几件换洗衣服就可以,反正还得经常回来,帮木先生洒扫清洗,做饭给他吃。她总不能在这关头抛下木先生不管。木先生不需要她天天守着照顾,那她就隔三岔五吧,难道还真忍心把这老婴儿丢下,任其自生自灭。

木清清一边上班,一边利用下班后的空闲整理新房子,洗洗刷刷前后忙了六天。第七天是周末,她一大早起来回家,顺手在街头早市买了一堆菜蔬,边开门边盘算着要给木先生做什么早餐。稀饭得有,凉拌绿菜得有,煎鸡蛋,热牛奶,摊两张葱花饼吧,反正要丰富,要色香味俱全,让木先生有食欲,好好吃上一顿。这几天真不知道他是怎么凑合的。想起木太太在世的日子,每天都在花费心思操持吃喝,一心只想让木先生和木清清吃好喝好。只要想起她,木清清都会鼻子酸楚,眼泪盈盈,时间过去三个月了,还是冲不淡她对木太太的思念。

钥匙在门锁里转,转了两圈,门没开。木清清失散的心神凝聚回来，不想木太太了，专心开门。又转了一圈儿，没开。她拔出钥匙，插进去再开，心想这楼房有年头了，门锁也不利索了。木太太活着的时候，木先生说过要换房子的，买到本城最新开发的大小区去，贵点他们不怕，又不缺钱。木太太终究是福浅，没能住进新房子。木清清叹了口气。钥匙转了两圈，有什么卡住了，就在幽深处，手能感觉到，眼睛看不到。像长在人身体里的瘤子，你知道出了问题，究竟什么样的问题，却看不到。门锁坏了？还是……她不甘心。忽然就担心起来，莫不是木先生出事了？把自己反锁在里头，自杀了？殉情了！木清清的心疯狂地跳动起来，要从嘴里蹦出来。她用劲拍门，她从来不曾这样大声地拍打过门。木先生和木太太的家教好，她从小就学会了轻手轻脚、慢声细语。要不是慌乱到了疯狂的程度，她是不会这样失仪的。

门开了。谢天谢地。

木清清看到木先生还活着。谢天谢地。

清清你做什么？

木先生兜头问。

木清清被问呆了。是啊，我在干什么？木先生不活得好好的吗？有胳膊有腿儿地站在眼前，哪里就殉情自杀了？

木先生穿着一件长睡袍。看样子是在酣睡中被惊醒，仓皇赶来开门的。他来不及换衣服，睡袍前襟草草合在一起，下摆露出光腿，他还光着脚。一夜酣眠发出的温热气息，兜头扑面。看来木先生确实是从梦里惊醒了过来。

木清清略有歉意，提起脚边的大小袋子，侧身进屋，示意菜买来了，她来做早餐。

家里没有木清清想象的那么乱，也没有木太太活着时候那样整洁。木清清捕捉到了一种气息，一抹有点奇怪的气息。她将大小袋子堆在餐桌上，拉开冰箱，准备往里头摆放。冰箱里有菜。白的豆腐、绿的油菜、西红柿、泡发的木耳，颜色各异，荤素齐全。木先生居然没让自己饿着。人的生存潜能是不可小觑的。从前木先生十指从来不沾阳春水，都是木太太宠出来的。木太太临终最放心不下的，就是木先生的饮食——这样一个只知道做学问的人，没人照顾只怕会饿坏。看看，哪里就真能饿着了？木太太真是白操心了。

木清清飞快地淘米熬稀饭，打鸡蛋摊饼子，洗菜烧开水。木先生来了，他已经换掉了睡袍，又是穿着家居服的木先生了。这是木清清熟悉的木先生。整齐，严谨，哪怕是在家里也从不松松垮垮。

木清清用母亲看孩子的目光瞅他一眼，用责备的口气说以后睡觉不要反锁门，你说你一个大男人家，有啥要反锁的？你不知道打不开门人家心里多着急？

木先生要在餐桌前落座。屁股有点犹豫，在半空中搁置了几秒钟,坐了下来。

木清清看了看他的侧影,一周没见,他好像有了变化。这屋里也有了变化。说不清变在哪里,但有。是一种感觉。她感觉哪里有点不对劲。

早饭,做三个人的吧。木先生说。

木清清打鸡蛋的手一顿,心突地荡了一下。

什么意思?这个家早就不是三口之家了。那幸福的铁三角组合早就成了历史。多做一份,难道要放凉,再倒掉?还是他替木太太吃掉?

给小丽做上。

木先生说。

木清清在脑子里想一个问题,小丽是谁?

是啊,小丽,是谁?

有人从卧室里出来了——一个女人。

一股更浓郁的睡眠的气息,被她携带出来。

木清清感觉周围的空气骤然变得黏稠、混浊,她呼吸有点困难。

女人挨近木先生,站在他身后,两只手环绕着抱住了木先生的脖子,眼睛看木清清,眼神荡漾起一抹似乎放肆又似乎胆怯的神色,说,这就是清清啊?清清,欢迎你常来坐坐。

前一句是跟木先生说，后一句在跟木清清搭讪。

锅底的油早热得冒白烟了。

木清清忽然手一甩，三个鸡蛋连皮带瓤丢了进去。

白烟和唑啦声同时炸起。

木清清解下围裙，走到木先生跟前，瞅着他认真看了看，说行啊你，还有这一手？以前咋没看出来？

说完她换上自己的鞋，摔门而去。

4

有些事情需要足够的时间才能慢慢明白。

木清清现在才醒悟木先生让自己搬出去的原因，压根不是父女俩住着不便，也不是他要一个人独自思念木太太，他是要领一个人回来。木清清就是个电灯泡。把木清清支开以后，他换了门锁。他不再像过去那样，三五天不见就打电话催清清回家吃饭。他好像忘了世上还有个女儿。

好啊木先生，真有你的。女儿还担心你会饿着，会想不开干出傻事儿。原来你早就过起了另一种小日子。那女人叫小丽对吧，听听，叫得多亲近。小丽，也不觉得肉麻！那小丽比他能年轻二十岁吧，跟木清清差不多大，好你个木先生，真是下得去口。

木清清想不到合适的言语来形容她的感受，没有办法排遣她的气愤。她忽然纠结起一个问题来，那小丽，究竟有什么魅力，用什么办法让木先生在这么短的时间里放下了木太太，把她带进这个家，还过起了日子？难道木太太真的那么容易被忘掉？难道木先生和木太太那些年的恩爱，就那么不牢靠？不，不不不，木清清没有勇气往下想。再想下去她会崩溃，那些美好的记忆时光会化作噩梦。

也许吧，木先生自有木先生的苦衷。他上了年岁。他不会打理具体的生活。他需要一个人陪伴，来照顾他的起居。他孤独，需要有个人说话。他可能还有性生活的需要。这些都是女儿帮不到的。所以就有了小丽。所以，小丽没有错。木先生也没有错。错的是命运，过早带走了木太太。如今有人陪在木先生身边，木先生愿意让一个女人来陪伴，也许木太太泉下有知会开心的，这样她就能彻底放心了。

木清清用这些理由开导自己。开导了一遍，又一遍。等到木先生和小丽的婚礼低调举办的时候，木清清已经活过来了，她盘了头发，做了妆容，穿了长裙，她风姿绰约地参加婚礼。她给所有宾客敬酒，嘴巴甜甜地喊木先生爸爸，喊小丽阿姨。她让所有来客都看到了木先生有一个通情达理的好女儿，她在真诚祝福父亲晚年婚姻快乐，白头偕老。低头往嘴里抿酒的时候，她的眼泪悄悄落进玻璃杯中。透过迷离泪雾,她看见倒映在杯中的新娘子好年轻啊,那唇红齿白、巧笑嫣然的模样,让木清清感到恍惚,她怀疑时光温柔地实现了倒退,一直退回到三十八年前,那时候小城里也曾举办过一场婚礼,英俊青年木先生和温婉淑女木太太喜结连理,成为小城芸芸众生中最般配的佳偶。

落花胡同

1

你们一定要相信,刚开始的时候马小花没有想过要编阔。

她说不清楚自己为啥就那么做了。

应该是当时的聊天气氛起了助推作用。

她被一种奇怪的感觉包围,前面有力量在牵引,后面有手在推搡,一步一步地走,不知不觉就迈上了编造谎言的道路。

编阔是方言。小城人祖祖辈辈通用方言土语。以小城为中心,往它下辖的县区乡镇村落辐射,用的全是方言。像全国的方言土语分布的格局一样,这里的语言也呈现出它们既交流、交融、交叉,又各自为政,固守小范围的差异。人口较为集聚的城市像锅,市县是大锅,乡镇是小锅,锅里烩杂着不同的方言土语,日子长了,大家互相熟悉了,就出现来自四里八乡的人，操着不一样的方言，但能流畅无碍地交流的奇特景观，同时也加速着语言的融合和同化。

而越是偏远、隐蔽、交通不便的山村，才会越完整地保留下来纯正的方言。

编阔是方言中的一个词，就是撒谎、说谎的意思。在方言中的同义词能有一大串，编谎、扯谎、丢谎、丢皮溜谎……有中性的，有贬义的，在不同的语言环境里有不同的使用效果。惯熟方言土语的本地人，就是闭上眼不过脑子，也能用得顺溜无比。

马小花到小城六年了，话语间还保留有老家的那些方言，比如她刚刚扫过的路面，有人扔一根烟屁股，她一边弯腰拿夹子夹，一边在心里骂，土锤，穿得人模狗样儿的，心眼儿不好，咋就晓不得尊重旁人的劳动成果呢，清洁工难道就不是人？有女人穿着高跟鞋，挎着皮包包，咯噔咯噔地走过，留下一串香水味，对马小花连看都不看一眼，好像她不存在。这时候马小花的心里有些失落，好在很快就过去了。日子长了，经见得多了，她也就习惯了。反正她戴着口罩、帽子，还包了一块丝巾，谁也认不出她，她也没啥不如人的。靠自己一扫帚一扫帚地挣血汗钱养家，她心里挺坦然的。她就望着那些十分高傲、对她视而不见的女人，心里想办法给自己解气，暗暗地骂，猴精、妖婆子，嫽啥哩？看你穿得戴得明灿灿、炫呼呼,说不定给哪个男人当二婆子、小三儿、第三者,拿沟子换饭吃哩,骗钱花,有啥值得二的?

这里头土锤、猴、妖、嫽,全是本地骂人的话、纯正的方言,专门用在女性身上。二婆子、小三儿一类却不是本地方言,是时兴的新词。语言的精妙之处就在这里,它们一方面在保持原本面貌,另一方面又不断地与时俱进,吐故纳新,不断地吸纳新词补充进来。

马小花现在已经能顺利地和来自不同县区、乡镇的人交流。小城的大部分人口由四面八方的外来者组成。如果细细分辨,就会发现彭阳县来的人说话爱带个"那""为"的首音;隆德县和甘肃的静宁接壤,口音又是另一种味道;西吉县又分南北不同的语感;到了原州区,有人将"二"的音发成"爱",好像他们说到这里舌头忽然又大又硬,横在嘴里不会打弯儿,一个个成了《红楼梦》里那个老是把贾宝玉喊成"爱哥哥"的史湘云。

马小花跟马路东头第二片区的胡玉梅学会了彭阳话,见到她就"那""为"地打趣,跟垃圾中转站的老陈学会了隆德方言中最突出的特征,还跟分管中山街环卫的小队长马友平学了几句原州话。

马小花性子柔软,为人老实。胡玉梅有时家里有急事,就找马小花帮忙照顾她的那一段路面,以防被突击抽查的小队长发现。她人一走,马小花就真把事当事了,尽心尽力地替胡玉梅看着。老胡说孙子插班进了二小,但没一年级的课本了,他着急找,马小花和刘晓梅一起说自己家里有,娃去年用过了还留着,第二天马小花把儿子用过的课本带给老胡。老胡再见到马小花的时候,就夸她心实,说到做到,那个刘晓梅至今也没见把书拿来。

马小花以前在老家就常被人夸说实在,好打交道。进了城,城里人也这么说。她就越发认定做人实在好,不管走到哪里,这个实在不能丢。

她就更不愿随便跟人编阔了。

想不到今儿竟然顺口就编了这么大一个阔。

出口容易收口难。等她猛然意识到这样不好,想要撤回来的时候,微信显示这条信息发送时间已过,撤不回来了。只能删除。但删除起不了作用,删除后的结果是,这条语音只有她一个人听不到了,而群里其他人都能听到。

马小花望着微信群里的聊天记录,除了有几个调皮男生发了几个搞笑表情包,咸兰兰发的几个红包,再就全是语音。一条又一条的语音。她划着手机屏一直往前拉,翻到她被拉入这个群的时候,才戛然而止。之前她不在群里,自然没法知道他们的聊天情况。他们肯定还说了很多,她看不到,那时她还是没被1995届小学同学群这个组织找到的散兵游勇。

微信是啥时节出来的？微信群又是啥时节流行起来的？马小花不知道。她进城那年换了个智能手机，里头带着微信，她就正式用上了微信。微信真是方便，只买流量包，就够你在上头和所有能加上的亲朋好友说话了，还能打视频电话。奇怪得很，没微信之前吧，很多联系不上的人，现在居然一个个都联系上了。就连一些原本可能一辈子都不一定能再见上面的人，也都被加上了。比如二十几年前的小学同学们，现在都聚集到了一个微信群里，这要放在以前真是让人不敢想象。

1995年，一个叫山头嘴的山村小学的一帮五年级学生，在毕业后就匆匆走散，各奔东西；时隔二十几年，大家又被拉进了一个群里，不但能听到所有进群的同学的声音，还有愿意发照片的，把自己二十几年后的样子发到了群里。

马小花也应要求发了两张近照。

刚进群真是有些兴奋。一方面让人感觉到久别重逢的喜悦，另一方面又叫人不由得感叹时光的匆匆。群里炸翻天了，各自询问近况、当年分别后的人生过程，然后就说起现在的生活。马小花就是在这种情况下编了阔。她说她在落花胡同上班。落花胡同在北京的王府井大街。

2

1995年的山头嘴小学五（1）班共有毕业生67人。

现在进群的有53人。其实马小花早就记不得当年的同学数量了，是同学们七嘴八舌共同回忆出来的。有人还发了张当年的毕业合影。据说合影里少了四个同学。他们不知当时为啥就没参加合影。

马小花首先在照片里找到了自己。细瞅一会儿，整个人就痴了。手里的扫帚从胳肢窝里滑落，哗啦掉在了马路上。马路上人流来往，她怕车轮碾上扫帚把，赶紧抱起来。她干脆把它横放在马路边的盲道上，屁股一沉坐了下去。她像在老家时候一样，盘腿坐着，然后专心看手机。下午上班后的第一轮清扫刚刚完成。现在她只要慢慢转动着查看，维持清洁就可以了。看一会儿手机也不会有事。

现在谁不看手机呢？她看到她的路段上开过的私家车、公交车里，乘客几乎全低头忙着捣鼓手机，就连那些开车的司机，一到红绿灯路口，在几十秒里也要忙里偷闲争分夺秒地看一下手机。农行和建行柜台里的柜员，只要没顾客取钱就也玩手机。荣华饭庄的后厨（就在马路拐角处，在清理那边的一个垃圾桶时，她会踮起脚望望窗户里头），里头的厨师在一边做饭，一边玩手机。她看了偷偷笑，这世上还有哪个行业的人不玩手机？上了手术台的医生玩吗？站岗的士兵玩吗？国家领导人玩吗？

反正小城的人如今就没有不玩手机的。可以说是全民堕落。他们清洁工也不例外。他们还有两个工作群呢：一个是全市清洁工大群；一个是小队长建的，专管中山街路段的清洁工。有什么工作要求、消息、通知，只要不是十万火急或只牵扯到少数人，一般都在群里发。所以他们一边扫马路，一边看手机，是很常见的。

马小花看着二十几年前的自己。一个被同龄人夹在当中的小女孩，梳着一对小麻花辫子，留着斜刘海，咧开嘴傻笑着。一副不知道人间有什么忧愁的青涩模样。

再看全体同学，大家的脸上笼罩着统一的色调，好像在集体哀悼什么一样，肃穆，板正，小小少年，提前为人世不可预知的东西忧伤着。

群真是神奇。让六十多个几乎从不见面的人，在二十几年后，迅速有效地交换了各自的信息。

马小花飞快地听着语音，从中又掌握了一些同学的情况。其实真正急于知道的也不过十几个人。当时山里女娃娃上学的少，他们班只有六个女娃。现在五个进来了。王小兰说她在兰州定居，男人打工，她领着娃娃上学，标准的家庭主妇。李梅在老家种地，今年男人套了公家的项目，养了几十头牛，她专门在家里喂牛哩。柯梅花考上了大学，现在在市里上班。咸兰兰干什么呢，马小花没听到她说。应该是在马小花进群之前就说过了。从别人的口气里，马小花大概听出来了，咸兰兰是女生里过得最好的一个。她有钱，不是一般收入的那种小钱，而是大钱。男生们喊她咸总。咸总，那就是老总了。开公司的老总吗？能称得上老总的，肯定生意小不了。光是她发的十几个红包，就看得出确实有钱，每次不是发一百，就是五十。马小花一会儿就抢到了六十几块。这让她很惊喜。不是真的有钱，哪会舍得这么发红包？简直是拿钱乱撒嘛。

　　这年头，有钱人据说很多，但马小花不是。她日常接触的也都是和她差不多的，真是有钱人谁会来当清洁工？环卫局的正式职工也看不上干这个，才雇了他们这些清洁工来干。像马小花扫满一个月马路才挣一千六百块钱，这笔钱对于他们一家五口人来说很重要，起着一半的作用呢，另一半由男人打工承担。日子里的花销多着呢，买米、买面、买菜、买衣服，还有娃娃上学的零碎费用、婆婆的腰腿疼药费。一个家一份日子，是真难呢，像一面挂起来的筛子，有风也透气，没风也漏气，每个月挣的那点钱，不够过筛子眼儿呀。还得早早地为娃们攒几个上大学的费用哩。马小花所在的别的群里有时也会发红包，但和咸总的比，那算啥红包,根本没法比。发的人包个一块两块的,还要分成十几二十来份,发出来大家争抢着,抢到一分二分,还说一分钱也是钱,谢谢。马小花偶尔运气好,抢到过一元两元的,她就感觉跟在大路上捡钱一样高兴。其实一元两元又能干什么呢?也就给娃买包方便面。可抢到钱就是让人高兴,好像凭手气抢来钱,快乐远远大过了一块钱本身。咸兰兰的红包一个比一个大。马小花每点开一个时,手都在颤抖。

聊天就这么火热地进行着。也有男同学轮流着发红包出来。当然没人能像咸总一样阔绰。不过马小花抢得很高兴,一分两分,一角两角,一元两元,积少成多,半天下来,她的微信钱包里已经攒了上百元了。

不知道是这点小甜头的滋润作用,还是骤然和二十几年前的几十个少年伙伴集体联系上了,进入到一个群里,忽然听到彼此的声音,争先恐后地回忆往事带来的激动和兴奋,马小花这个下午几乎全泡在手机里,还好小队长没来巡查她这处路段。

有人问到了马小花的生活。

嫁哪儿了?现在干啥着哩?

马小花本来要说实话。

她先嫁到了本乡一个叫张庄的大队,在乡下生了儿女,六年前进了城,现在在城里扫马路哩,住在康居小区廉租房里，两个娃全插进了城里的学校，由婆婆接送呢。这样的日子过得还成吧，就算得掐着算着过每一天，但她感觉要比以前在山里种地好得多。前些年山里还没有兴起播种机，割麦子也没有收割机，拉粮食、运粪土也没有农用车，所以那是真的苦。

人是有惰性的。以前身在其中过着那种日子的时候，没觉得有多苦；当真的离开了，再回头去比较，她就觉得从前的日子太苦了，再也不想回去了。现在她已经跟着老陈、小李他们也将老家不叫老家了，叫农村。刚开始跟他们接触的时候，听他们说"马小花刚从农村上来"这样的话，她还挺多心的，感觉这称谓有些看不起人的味道。慢慢地，她也跟着变了，也喜欢把乡下、老家全用"农村"这个词替代。反正马小花是不准备再回到农村去了。

一个男同学问马小花现在干啥哩？在哪儿？

他刚提问完，就被别的话题牵上跑了。

这时候咸兰兰又发了个大红包。大家乱纷纷抢，抢完接着说谢谢，然后集体赞美咸总。

马小花要回答的问题被淹没了。

马小花这次手气差，只抢到五角。而手气最佳的一个男生抢到了19元。

马小花看着这巨大的反差，心里怪不是滋味，有种自己手心里的钱被别人分走了一样的感觉。

她忽然有点犹豫，没心思急于说自己的现状了。只有一个男生问过，况且这男生不是当年的班长、学习委员、体育委员，也不是学习成绩排前的优生，更不是长得帅气的男生，也不是最爱调皮捣蛋的类型。一个班上的同学，能让人几十年后还记得起来的，就是这几种类型，要么班干部，代替老师行使权力；要么学习好，是老师的宠儿；要么长得好，是有人暗恋的对象；要么捣蛋出了名，让人头疼。剩下的，就基本上全处于灰色地带了：上学时节不怎么引人注意；几十年后回忆的时候，总会叫人忘了有这么个人存在过，要靠相片和大家的指认才能勉强想起来确实存在过这么一个人。问马小花的那个同学，就是这么一个不起眼的角色。

这让马小花深感失落。隔了二十多年，牵挂她且迫切想了解她现状的人，不是她偷偷喜欢过的高个儿文娱委员，不是第一名，不是给她留下深刻印象的那些人，反倒是个当年没什么交集的人。而且这人现在过得也很一般，在山里当农民。算是一个把农民也当得不如别人的农民同学。

当年的男同学，如今早就有了各自的营生：做生意的、跑大车的、包工的，这些就自不必说了，都好着呢。

就是当农民，也各有各的风采。有一个在开砖厂。三个在养牛，各养了十几头，打几个腌草池子，秋天把青贮玉米一腌，然后只负责每天喂。饮牛的水由自来水管接到了槽头上，除了出粪苦点外，他们的日子过得悠闲着呢。还有两个人，农忙务农，闲了跑短途私家车，收入也不错。听口气都有自己的小车，日子过得火热呢。

当然，也有人过得困难，比如这个跟马小花说话的男生。别看是在网络群里，但交流的人是真实的，马小花已经从他自己说的，和别人对他的态度上，感觉出来了：他过得一般般，农民中最普通、最穷的那种。所以大家对他的态度，也就跟对马小花的态度一样，可有可无吧。拉进群里也就是让凑个热闹。真拉进来了，也就没人在意了，大家在意的是咸兰兰。

马小花有一点失落。坐得久了，马路牙子硌得屁股疼，爬起来用扫帚把撑着胳肢窝，屁股靠住一棵树，继续看手机。

又有一个男生被拉进了群。大家欢迎。所有人用口头欢迎，有拍巴掌的，有送小花花的；只有咸兰兰来实惠的，发了一个五十块的红包。一片感谢赞美后，新进来的男生问咸兰兰现在在哪儿，做啥呢？还像当年那么漂亮吗？

没轮上咸兰兰本人说话，早有男生抢着发出一张照片来。照片上的女人马小花已经看到过，群里每过一会儿就有人发一次。估计是咸兰兰最初发出来后,几个调皮的男生保存了下来。然后不断地发出来,发一次,感叹一次。咸兰兰确实漂亮,又穿得好看,简直漂亮得像明星。要不是曾经做过同学,打死也不能让人相信这女人是农村长大的,还在山里头那么偏僻的小学里念过书。那方寒瘦贫瘠的水土,要养出这么一个大美人,真比虚构一个神话还叫人难以置信。

咸兰兰又收割了一茬赞美。新进的男生,第一次看到二十几年前的班花成人后的真容,他的表现是真的惊叹,赞美也百分百发自内心。

和他一起起哄附和的那几个男生,口气里已经有了浮滑的迹象。他们早就接受和适应了咸兰兰的美,出现了审美疲劳;他们起哄,有真心赞美的成分,也有伸手要红包的成分。马小花已经发现规律了,每一波盛大的赞叹美誉之后,咸兰兰就会禁不住发红包。

你还不知道咱们咸总的身份哪!人家是老板娘,老总的专职太太!还问人家现在在干啥?像咸总这种身份,还用得上干啥吗,一天到黑睡着享受就成了!钱多得一辈子也花不完!

几个调皮男生又在起哄。

马小花在这些七嘴八舌的语音之间,拼凑出一个更为饱满的咸兰兰。有钱,日子不错,不用为生计发愁,不用像她一样天天守着一截马路扫。

　　这挺好的。马小花从内心深处为咸兰兰高兴。咸兰兰能嫁好，命好，过好日子，是预料中的事。夸张点说，早在二十几年前的小学时期，就可以预想，她有一天会过上不愁吃喝的日子，会有个本事不错的男人来养活她。因为人家咸兰兰长得漂亮，小学时候就已经很出众了，让人一眼就能看出她是个美人胚子。二十几年后的今天，她变得这样漂亮，完全是可以预料的结果。

3

　　第二天的群聊中，第六个女生被拉了进来。欢迎仪式后，她先追问五个女同学的近况。当年只有六个女同学，一起度过了五年时间，彼此间还是很亲厚的。现在着急打问也是人之常情。

　　柯梅花话少，据说上班期间看手机领导会不高兴的，她简单说了一下自己的生活和工作以后，就消失了。李梅说了。王小兰也说了。咸兰兰的情况，早有那几个热心肠的男同学抢着报告了。

　　咸兰兰有点不屑，拿鼻子嗤了一声几个男生，说马三妹你不要听他们胡说，哪有那么夸张！我不是老总，也是个家庭妇女哩！

男同胞们才不允许她做家庭妇女。大家争相抖她的料。这些料是昨天或者更早时，马小花进群前，咸兰兰告诉大家的信息。马小花听着听着，眼前有了一幅咸兰兰生活的画面。阔太太。贵妇人。嫁了个富汉。家里住着二层别墅。有专门干家务的保姆伺候着。真正过的是"饭来张嘴，衣来叉腿"的好日子。

"衣来叉腿"是一个男生的独创，惹起群里一阵笑。咸兰兰气得连发两个锤子敲头的表情包，扬言说有一天见了面要拧他的嘴。

马小花没在群里说话，但人笑得撑不住，身子都笑软了，顺着树溜倒，一屁股又坐在了马路边。引得几个路人扭头看。马小花不管不顾地笑。"饭来张口，衣来叉腿"，这话是一个叫李友文的男同学说的。他这个人，马小花有印象：班上一个成绩中不溜儿的同学，也算不上有多调皮，矮矮胖胖的，行动有些迟缓。当年也没见他有多爱说话，谁能想到现在的他这么能说会道了，满群里都插科打诨，这儿一句，那儿一句，谁的话头儿他都能接上一口，谁的话尾巴他也能揪住捋一把，嘻嘻哈哈，不断逗笑。别人笑得肠子疼，他却一本正经。他是追着咸兰兰捧得最欢的那一个。咸兰兰的照片就是他在反复发。咸兰兰的近况也是他在热心地介绍给每一个新进群的同学。

马小花仔细想了想,当年明确追咸兰兰的男生能占全班一半人,另一半大多在暗恋状态,或沉默观望,或深度潜伏。

李友文不是追求者,至多可以归到暗恋那一半里头去。

这么一个人,现在忽然变成了咸兰兰的热烈拥戴者。马小花猜测,他不是有多喜欢咸兰兰,他是爱热闹,闹着耍哩。还有,可能是哄着咸兰兰发红包哩。

马小花笑着,把自己牙床子都给笑酸了。酸得收不住,有口水打在了手背上。她不笑了,看自己的手。干活的时候她戴手套,干完看手机的时候得去掉手套。她的手挺粗的,进城前干农活,拉扯娃娃,一双手又粗又老,冬天还起皲口。进城后这几年,还干苦活儿,风里雨里地,也不能停,这双手不比在乡下时候好多少。当她听到保姆这个词,尤其是伺候咸兰兰的保姆,马小花不由得想到了自己身上。她也曾干过保姆,只五个月时间,换了三户人家。干不下去,她干脆就扫马路来了。

保姆在城里人的嘴里有个新称呼,叫家政工作者。马小花第一次顶着这个称谓进的是一户年轻人家,帮小两口看娃娃。看娃娃她自认为还是有经验的,她的三个娃就是她一手拉扯的。没想到只在那小两口家里熬了一个月,她就干不下去了，太难了。他们不好伺候，要求多，严苛，就见不得娃娃哭上一声。只要娃娃一张嘴巴，他们就像被剜了心一样疼。马小花的三个娃可不是这么看大的呀。老人常说，葫芦吊大，娃娃绊大，不磕磕绊绊，不哭不闹，哪能长大？这话跟小两口讲不通，他们说马小花这么说，想的是毒心，对他们的娃没有爱心。

第二户东家是老两口。本来马小花想着小的不好照顾，老的总会省点事吧。干上了才知道老的比小的还要难伺候。那小两口总还有个出门上班的时节，他们不在时马小花还能喘口气。这老两口退休了，一天到黑在家待着，没事干就盯着保姆干活儿。两双眼睛戴两副眼镜，马小花感觉有四双眼睛在盯着自己呢。她包揽了所有的家务，想着干完了总能歇一会儿吧。没想到老两口根本不叫她有闲下来的时节，一会儿都不行。实在没活干，他们也会找出新的活儿来。地刚拖过，说再拖一遍。衣裳穿一次两次就叫洗。洗衣服的水不让倒，让洗楼道。

马小花干满两个月又换了人家。

第三户工资高，活儿也好干，但马小花受不了女主人——一个漂亮有钱的女人。马小花最受不了她看不起农村人，看不起一切穷人。她今天说耳环不见了，珍珠的，明天说手链丢了，玉髓的，过两天又说戒指没了，白金的，每次都让马小花帮着找。找不到她就拿刀子一样的目光看马小花,那意思分明就是马小花偷了。有一回马小花受不了了,当着她的面一件件脱衣裳,让她搜身。搜完以后马小花辞职不干了,没拿到工资。

当站在旷亮的马路上,呼吸着自由的空气,马小花的结论是,保姆就他妈不是人干的。

咸兰兰现在也使唤着保姆。马小花发现这事挺打击人的。她被打击了。她有一种奇怪的感觉,总觉得咸兰兰使唤保姆的样子,应该像她的第三个东家——那个有钱有闲又看不起穷人的无聊女人。而那个被指拨过来扒拉过去,一天到黑给咸兰兰干活儿还总是挨骂的保姆,就是她马小花。

这联系其实挺没劲的,就是毫无根由地胡拉乱扯。但她就是忍不住要这么拉扯。就在这个拉扯的过程里,群里又有了新的聊天语音。起因是咸兰兰又发了几张照片。照片的拍摄角度是站在高楼之上向下俯视低处。应该是大商场,看样子跟小城去年新盖的新华百货大楼一样高大,咸兰兰应该是在购物。

果然,李友文跳出来问,咸总又逛商城了吧?这哪儿呀?这么豪华。

有人猜测说在本市。马上有人鄙视,说小城哪有这么豪华,一看就是大城市。咸总究竟住哪个城市呢?这么繁华!

马小花耐心听着。原来到现在咸兰兰还没说出她人在哪里定居？

咸兰兰又发了几个化妆品专柜的图片。接着说话了，说她正买抹脸油呢，她用的牌子一般店里买不到，王府井百货大楼的专柜才有。

王府井？是哪达？李友文追着问。

连这都不知道，王府井在北京城啊，看来我们咸总现在是北京人了！一个学习好点的男生发了话。

马小花在百度上搜王府井，还真的在北京城。

你在北京？北京的天安门去了吗？还有"鸟巢"，故宫，皇上住的地方！咸总都去过了吗？李友文时刻不忘插话。

李友文你脑子被驴踢了吧，人咸总是北京人，住的是别墅，户口肯定也落在北京了。对于北京人来说，不要说逛一逛故宫和"鸟巢"，这些地方本身就是她家的呀，跟后花园一样。她啥时节想去就去，哪像我们这些乡里棒，一辈子连个北京城都没去过。

马小花搜出了王府井，就在北京的地图上。百度地图是个好工具，想查哪儿都能查到，还能随意放大和缩小。大大小小，收放由你，连小仡佬也能看到。

王府井是一条街。马小花把这条街从头看到尾，看到了一些她从来不知道的地名。也大概看清了这条街的走向、形状，包括大大小小的岔道，她把每一条街巷都看了看。她喜欢看最细微的街巷。它们像藏在城市脉络上的毛细血管。别人总喜欢盯着那些大的、有名的地方，她就喜欢打量这些小地方。因为她知道，每一个城市最不起眼的街巷里，都分布着她这样的清洁工。天天守着扫，月月年年，只要还得挣这份工钱，就一年四季扫。

王府井大街真大啊，比小城的主动脉中山街大了不知道多少倍。这么一条街，光清洁工就不知道养活了多少。小城这样小的地方，全城大街小巷的路面就养活了几百人。北京是首都，一条王府井大街养活的清洁工，比小城全城多得多吧。

咸兰兰怎么就去了北京呢？还成了北京人。逛王府井，就跟她现在逛这条马路一样。区别是咸兰兰在购物，散心，花钱。她马小花在扫路，挣工资，为一家人的日子努力。

人和人就是这么不一样。

我也在北京。马小花摁住语音键说了一句。说完，还不甘心，报复什么一样，又说，只不过我不像人家咸总，住王府井大街，还是别墅，我在王府井街上一个小胡同里，打工哩。

说完她舒了一口气。

收起手机，拖着扫帚慢慢走。风从远处吹来，贴着地面起，然后一点点抬高。风里有凉意了，又到了掉树叶的季节。她最犯愁的季节要来临了。

4

马小花就这么编瞎了。

等下班回到家，拾掇完家务后，爬上床，打开手机前，她记起了自己编过的那个谎。顺口来的。现在她后悔了。她知道编一个谎，后面就得有一连串的新谎言去圆它。她现在得准备好一连串类似的新谎言，再去小学群里面露面。

群里又多了二百多条新消息。她先不听语音，只看红包，一个一个点开，十几个红包，可惜只有一个她赶上了，其余的已经被人抢光。发红包最多最大的，还是咸兰兰。红包的金额加起来，总有五百多吧。咸兰兰是真舍得啊。五百多元，就这几个钟头当中撒了出来，真是拿钱丢着耍哩。拿去买菜，买肉，足够马小花这样的家庭过一个月日子呢。马小花叹着气听语音。果然，她在太阳落山前抛出的那几句话，在群里有了反响。大家的反应比较热烈，有人惊讶她在北京，有人问具体在哪儿，有人问做啥活儿呢，有人提议说可以跟咸总经常见面。李友文拍着手说这下好了，两个女同学在北京了,冬天我们去北京,找你们去,我们来个北京相会!这话引起一片赞同。

李友文热心爆棚,说咸总、马小花,你们两个说话啊,都具体住王府井哪儿,你们先联系见个面,吃个饭,拍个合影,让我们饱个眼福。后面他发出了自己跟几个男同学的合影。他们还真在本地小镇上的饭馆里聚上了。

咸兰兰没说话,发了两个红包。接着又有一个同学被拉了进来。北京王府井这个话题就中断了。

没有人揪住不放,追着反复问具体在王府井哪一片、在做啥活儿。马小花松了一口气。不问就好,她担心了这半天,看来是多余的。

看来大家对她的兴趣还是不咸不淡的。她能干什么?大不了去某个拉面馆(王府井有拉面馆吗,她不知道)打工吧。她还能干什么?肯定没人愿意把她想象成咸兰兰那样的有钱人,过的是咸兰兰一样的好日子。

马小花坦然了。她觉得自己随口抛出那个谎言,也就没什么不对了。就当从来都没说过这句话吧。

马小花再次站在自己的路段上弯腰打扫的时节,想到了王府井。不是咸兰兰的王府井,是她自己的王府井。她有了一个想法,一个有点好笑的念头。但是一个人想想,不说出来,也就不算多么好笑吧,也不怕被人窥见了笑话。再说这世上没有谁规定一个人不能在心里幻想一些和实际不沾边的事。想象也不影响她干活儿。所以她允许自己大胆地去乱想。

想象中的马小花真的身在王府井大街上。在那里做什么呢？首先得工作，找一份活儿干。她干什么好呢？还是干清洁工吧，在大街上走来走去，相对自由一点。头上能晒到太阳；脚底下，路面、马路牙子、盲道，全是她的打扫范围。她负责清扫、维持，也负责爱护。她会像爱护眼前这条马路一样地爱护它。就当它是她的领土。她是一位身份高贵的女王，她在巡逻自己的势力范围。

王府井那么大，她具体扫哪条街巷呢？哦不，北京人叫胡同，她就包一条胡同吧。这胡同要相对僻静点儿，就可以避免和咸兰兰撞见。她真怕撞上。万一撞上，叫群里的同学知道她在扫马路，她觉得……还是不要让大家知道吧。那么她扫的那条胡同，叫什么呢？总得有个名称吧。现在扫的这条叫文明路。文明路在环卫局的分工文件里被一分为二，她负责南边这半截，叫文明路南。文明路以前据说叫萧关路——萧关是有历史渊源的，据说有古诗词里多次提到。可惜现在被改了，起了这么个烂大街的俗名。这话是清洁工老胡说的。老胡爱讲古，他知道小城的很多历史典故。没人爱听老胡叨叨，马小花老实，老胡就把老实人当了忠实听众，一碰头就抱着个扫帚说古道今。

王府井也是有历史的。跟小城的萧关路比，那应该是大历史。她要和王府井的某一条胡同有长久的关系，那就得找一个有历史的名字吧。她又看百度，把王府井附近的胡同一条条地看。胡同好多，名字也是五花八门。有些听着四平八稳，没什么奇怪；有些就很有意思，让人忍不住想笑。校尉胡同、甘雨胡同、大甜水井胡同、金鱼胡同、南口袋胡同……马小花决定不用这些名字。真地名一个都不能用。万一咸兰兰心血来潮、闲来无事，真按这个地名去找她，她不就露馅了？

得起一个名字，一个只有自己知道位置的名字，就叫——有风吹过来，簌簌地响，有叶子打在她头顶上，开始落叶了——落叶胡同吧。跟眼前这时令应景。这叶子一旦落下来，整个秋天都不会利落，她得早早晚晚不停地扫。上头的检查也会严格起来，好像专门跟这些落叶过不去，最见不得树叶在地面上停留。树叶挂在枝头的时候，是风景；一旦落下来，沾了地，就得马上消失。不消失的话，就是他们清洁工的过失。所以说，落叶就是清洁工的灾难。落叶的秋季，在马小花眼里是个难熬的季节。

落叶胡同，也算是正式迎接眼前已经逼近的这个漫长的落叶期吧。马小花动手扫了起来，怀着一种说不出的悲壮的感觉。这是今年的第一扫帚落叶。扫了几下她停下来，这名字不好听，叫个落花胡同吧。对，落花胡同，好听多了。一树一树的叶子，落下来，让清扫的人很无奈，可如果落下来的是花呢？红的黄的白的紫的花，有风的时节下雨一样落，没风的话就像唱歌一样慢悠悠在空中飞，都是很美的风景，比落叶乱飞好看得多。

马小花如今在北京的王府井大街上一条叫落花胡同的地方上班。虽然也在扫大街，但和在小城的文明路上扫大街是不一样的。每天看到的，都是北京人呀；听到的，都是北京的语声呀，说普通话，像电视里的人一样。不像小城，满耳朵都是方言。天天看到北京的高楼，不像小城，只有沿街面两边是楼，其实楼背后全是平房。刚到小城的人不知道，马小花在小城待久了，扫完街面就四处闲转着看，至少这一片她比谁都熟悉。

马小花也不知道自己这是要干什么，或者说她在隐隐地渴望着什么。也许什么都没渴望。只是面对街两边七十五棵垂柳上那无数的小刀形叶子，想到接下来的两个月时间，自己都要被这些小小的落叶困扰，她心头就无比烦乱，烦乱得就像这些密密乱乱交织的叶片。她忽然觉得不甘心。扫了这几年马路，一个秋接着一个秋地挨过来了，都没这么烦心过。至多就是累，累的时候觉得自己可怜，可从没这样不甘心。应该是同学群、咸总、保姆、王府井，这些加起来刺激了她。

5

最好的季节是夏。次好的是开花以后不再刮风的晚春。最糟糕的，就是眼前的秋，还有下雪的冬。冬不好过，冷，下雪了，结冰了，扫雪、铲冰，都是很辛苦的。尤其大街上一辆辆飞驰而过的车里坐着光鲜的人，走过街道的女人穿着又长又好看的羽绒服，或者羊绒大衣、皮衣、皮靴子，她们过的日子真让人羡慕呀。马小花常望着那些身影走神。想象她们的工作、生活、日子里的享受。都在这个城里生活，但是要想象别人的日子真是困难得很。网上有句话她觉得很入心：贫穷限制了你的想象力。要不是在三户人家里做过保姆，马小花也许真的永远都无法相信，就在同一座城市里，有人过的是那样好的日子。

这些马小花以前没有在意过，见识了，感叹一下也就过去了。她还是过自己的平淡日子，从不奢望那些得不到的。有时候她觉得扫马路挺好的。她知道这想法挺没出息的，但这是真实感受。尤其在天气晴朗的日子，扫完了整条路段，坐在路边休息的时候，她就变得很悠闲，抬头望望高天上的云，小城的天真蓝，只要不阴，就总是蓝着。云也白。她就用手机拍一些发朋友圈。她的朋友圈里都是本地人。大家对头顶的天早就见惯了，没人羡慕马小花晒的蓝天白云。要是有北京的朋友就好了，听说大城市经常闹雾霾，蓝天变得珍贵。

意识到这一点的时候，她把朋友圈清空了，她不想让北京的咸兰兰看出破绽。

马小花扫落叶的同时，还多了一个爱好，就是看手机里咸兰兰的朋友圈。真像咸兰兰在群里说的一样，她的朋友圈果然像个有钱又有闲的女人该有的样子。她在开车，车里有音乐在响。外国音乐，马小花听不懂，她猜测这大概是有钱人才爱听的吧。遗憾的是车总是只出现一片前玻璃，挂着小挂饰，再看不到车身。有时在坐飞机，起飞前发一下心情，有时是落地后说平安落地。有时她在吃饭，家里，桌子上自己做的，盘子、碗、碟子、筷子，都是马小花家没有的，应该是很贵的那种。更多的时候，她在饭店里吃饭。这时候咸兰兰就喜欢让镜头中多出现饭店的环境：大旋转门、巨大的转盘餐桌、成套的餐具。有时候去的是茶餐厅、咖啡厅，环境清雅精致，很适合没事干又不缺钱的人去。静静地坐着，悠闲地品菜，慢慢地消磨着时间。这是马小花保姆经历中的第三个东家——那个矫情的女人，让保姆马小花见识到的。

咸兰兰现在正在过这种日子。这个结论让马小花难受。她可以接受咸兰兰长那么漂亮，从小学起就成为众多男生都喜欢的宠儿。集万千宠爱于一身，就是这样的景象，她接受了。她也接受了咸兰兰长大后还那么漂亮，比小时候更漂亮。也接受了她嫁得那么好。有钱，男人好，这是她应该得到的。漂亮是她走遍天下畅通无阻的武器。谁叫人家坐拥那么先进的武器呢？

可她受不了咸兰兰和自己的对比。没有对比就没有伤害。本来大家小学毕业后就各走各路，可能一辈子也不用再见面。偏偏是网络把大家拉到了一起，就这么让大家碰了头，隔空完成团聚。对比就这么产生了。

马小花一扫帚一扫帚地划拉着落叶的时候，这感觉尤其强烈。都是人，活在这世上，命运的差距咋就这么大呢？

柯梅花长得一般，但她念书念得好，能吃苦，也聪明，她考上了大学，最后有一份正式的工作。这是她应该得到的。马小花和咸兰兰都属于学习差的。咸兰兰小学就已经谈恋爱，谈得轰轰烈烈，全校师生都知道。照这情况，她上了初中后应该会照旧谈恋爱，一直谈到出嫁的年龄，最后还嫁了那么有钱的男人。她凭什么呀？仅仅是长得好看？这世上长得好看的女人并不少，凭什么她就能那么命好？

马小花这辈子没有谈过恋爱。从小到大都没有男人追过她。到长大后必须嫁人的时候,别人介绍了一个就嫁了。想起这些马小花就觉得悲哀。下秋雨了,湿答答地落个不停,把落叶打湿,一片片趴在地上,扫除变得困难。成堆的落叶,收揽也变得吃力。沾水带泥的,特别重。雨水也打湿了她的前额,刘海湿答答粘在脸上。悲哀感变得深重、冰凉,像一汪冷水,就在心里揣着,一点一点往脏腑深处漫延。

她讨厌落叶,也顺带着讨厌柳树。这叶子要落就落快点吧,集中几天时间落完,她痛痛快快扫上几天,然后消停下来。可这叶子固执,爱落不落的,就是拿扫帚甩打,找长杆子砸,还是不会干脆利落地掉。往往是你前脚刚扫过,回头看身后,又有几片落了下来。所以得一直扫,反复扫。要保证路面上不能有落叶。巡查的小队长眼刁,逮住了就骂人,还扣工资。以前马小花有自己的办法挨过这个过程。她扫一下,在心里说这一扫帚挣钱给儿子买笔,这一扫帚给女儿买红领巾,这一扫帚给婆婆买腰痛宁,这一扫帚给家里买菜……她就有动力了。为一家人的日子操劳,她的汗水是有意义的。

今年她怎么觉得这落叶这么多呢,比哪一年都多。雨也多,叶子比哪一年都湿重,她每扫完一天,回到家,还得做饭,涮洗,照顾娃娃,干完了才能休息。往床上爬的时节,她觉得自己的身子被劳累一口口咬着,啃着,分解着。她真怕一口气撑不住,整个人就会化成碎片,变成尘埃,就这么化了,散了。她没力气干别的,还是忍不住要看手机,只看小学同学群。67名同学,除了一名已经去世,剩下的全被拉进来了。群聊还在继续。只是和几个月前比,有了变化。好像最初的新鲜劲儿已经过去了。大家变得疲惫起来。基本上是大多数人选择沉默,只有李友文等几个调皮的男生,和咸兰兰这一个女生还在活跃。还是众星捧月的状态。只是众多的星辰已经陨落了,不再升上天空。剩下的几个男生,也应该是靠咸兰兰的红包吊着。红包也有了变化,金额不再那么大,回归到正常数额。每次一元、两元,或者三元。有时还发个一角两角的。

马小花抢了几次,手气都不好,一分两分的,她没心思守着手机等红包了,她听大家聊天。咸总偶尔还会应大家的要求发一两张近照,天生丽质的人,再用手机美颜功能处理一下,就更美了,美得都有了妖气。男生们啧啧赞美一番后,就有人问,咸总啥时节回老家来,大家要集体欢迎;太忙回不来的话,大家抽空去看望,顺便把北京城浪一浪。咸总一定要当向导,把老家的穷同学们接待一下,带上大家看看北京的天安门、故宫、"鸟巢"、王府井——最重要的是咸总的王府井,咸总一定要带大家好好看看你的王府井啊。

李友文说得更直接,他说咸总会给我们买票吧,飞机票太贵,就买火车票吧。让我们住你家别墅吧,我们还没见过真正的别墅呢。你还得请我们吃几顿大餐呢。

这话也就李友文说得出来。他现在可真是个厚脸皮的人。至少在这个群里他是。这应该代表了不少男同学的心思。没人阻止李友文胡说。马小花内心其实也有这种期望，她何尝没有暗暗地盼望着，有一天，真会发生那样的事：远在北京的大家心目中的"女神"加大款，她真的会为愿意去北京的同学们买票，提供住宿和吃喝，让大家免费浪一回北京城，当然其中也有她马小花。

马小花从没在群里要求过到时候加上她。她说不出口。这挺伤自尊的。她是有自尊的。马小花没有想过这种可能性有多大。她懒得想，也累，没精力想。再说，她也不愿意多想。就像明知道是一个不太可能实现的梦，还总盼着能实现一样。有梦总比没梦好吧。那就让这个不太像梦的念头留在心里吧。

咸兰兰每次都不说行，也不说不行。被李友文撑着问得急了，她会发一个哈哈笑的表情。这是答应呢，还是不答应呢。正是这模棱两可的态度，纵容了男生们。他们像一群小狗，在追抢一块肉骨头。你啃一口，他舔一舌头，我吮到他的口水，你尝到我的唾沫。游戏让大家的兴奋劲儿持续不衰，一波下去，又起一波。

马小花终于扫完了最后一波落叶。秋也就彻底过去。初冬也过去。年关来了。

清洁工们最发愁的一个关口来了。大年三十、初一、十五，全城的汉族人贴对联，放鞭炮，就算政府不让燃放烟花爆竹，还是没法彻底禁止。大街上全是红灿灿的烟花爆竹残骸。扫也扫不完。马小花每年都要早早地犯愁。但是年还得过，像别人一样地过。

6

腊月三十这天马小花去商城买东西。小城是回汉杂居地区。汉族过年，回族也休假，到时候商城要关门好几天。她要给家里买些日用品。

马小花在一楼一个卖拖鞋的摊位上选拖鞋的时候，看见了咸兰兰。她第一眼就认出这是咸兰兰。她还是那么漂亮，口音也没变，虽然没照片上好看，但去掉滤镜的作用，群里图片上的人，应该和眼前的这个咸兰兰是一个人。岁月不败美人，咸兰兰还是那么好看啊。不过眼角的皱纹还是有了，马小花瞅见皱纹的时候心里一边感慨，一边觉得舒服多了，好像在咸兰兰和自己之间找到了一点点的共同点。

咸兰兰也在买拖鞋。她选了三双，老板说一共三十块钱。咸兰兰坚持只给二十五。两个人为五块钱陷入了僵持。说方言的咸兰兰，声音和同学群里一模一样，不过眼前这个咸兰兰更生硬，也带着仓促，不像群里那么悠然，那么轻柔，那么爱笑。眼前为五块钱磨嘴皮子的咸兰兰显得很生气，抱怨老板心狠，年关了还不便宜点。

马小花看着三双拖鞋最后以二十七块钱成交。咸兰兰立刻提上拖鞋走了，她手里还提了好多东西，大包小包的，全是商城卖日用品的塑料袋，外形跟马小花手里的塑料袋一样。马小花忘了自己接下来还要买什么，她远远跟着咸兰兰走，她看着咸兰兰在商城门口的老马凉皮店吃了一碟子凉皮。马小花不进店里，就在门口远远站着，透过玻璃门能看到咸兰兰吃。她口味真重，在正常分量的基础上，又自己动手加了两勺子辣椒油。她吃得很香，偷看的马小花都看馋了，要不是她有肠炎，真想也这么红艳艳地调上一碟子吃一下。

咸兰兰吃完，提上东西又出发了。横穿过了马路，上了2路公交车。马小花真是很想继续跟下去，可2路车方向与她家完全相反。她又提着那么多东西，所以就懒得跟了。只能站在原地目送2路车远去。

寒冬天冷，洒水车不再洒水压尘。小城干燥，车疾行而去，扬起一道尘埃。

马小花坐在公交车站点的铁凳子上，凳子很冷，等车的人都不坐。马小花坐着，冰凉透过棉裤，她感觉就像坐在一大片冰上。冰是浮在茫茫水面上的，冰在慢慢地浮动，马小花整个人在一种眩晕般的感觉中坚持坐着。坐2路公交的咸兰兰最终去了哪里？她家住在什么地方？在城北是可以确定的，城北是小城的老区，那里除了几个老旧小区，就是大片等待拆迁的城中村。可以肯定的是那里绝对没有别墅。

大年夜的爆竹噼噼啪啪炸响过后，休了三天年假，马小花就上班了。她抱着芨芨草扎的长把扫帚，一下一下扫着满地红屑，扫累了的时候，她停下来看同学群，李友文又嚷嚷着要咸总发红包，新年了，该发个大的。咸兰兰果然发了个大的。五十元的。马小花也抢到了三元。

咸总在干啥哩？年在哪达过？不来老家和大家聚聚吗？飞机挺方便的，坐上几个小时就回来了。

咸兰兰说不回来了，大过年的，回老家的人太多，都一窝蜂一样，飞机也挺挤的，她受不了。还是留在北京过吧，年关北京城空了大半，正好在王府井街上慢慢走走，这些年最受不了王府井的闹和挤。

听着咸兰兰沧桑又有些慵懒的贵妇人般的语音，马小花抬眼望望前方的路，她的路段、她的小城，在年关也一样空了不少。她一扫帚一扫帚地扫着这些清冷，她把眼前所有的垃圾——烟头、爆竹屑、纸片、枯叶，全都当作落花，她在清扫她的落花胡同。

时间花环

奶奶在搓艾节儿之前，先把灯盏从高处的木橛上取下来，再拿一个小瓷碟，在碟子里撒上一把青盐。

青盐刚买回来的时候，像某种动物的眼睛，青乌乌、白蒙蒙的，含着一层凉凉的淡光。接着就被我们的娘给擀碎了。她用一个圆肚子的小瓦罐做擀盐的擀杖，一只手伸进瓦罐肚子里，一只手在外头固定，瓦罐像碌碡一样斜躺在案板上滚来滚去，肚子下铺好的一层青盐颗子发出咯吱吱、豁啷啷的声响。

这动静让人感觉有一点痛苦，不忍心盯着看。瓦罐的大肚子在奋力碾压青盐颗粒，青盐颗粒们奋起反抗，满案板乱飞。娘用系着围裙的肚子靠住案板边沿，她一边擀动，一边还能飞快地抽出手，一下一下刨着散开的盐颗子。青盐颗子最终全部变成了米粒大小。她这才心满意足，把它们扫起来装进那个瓦罐的肚子里。瓦罐不像满地打滚耍横的坏蛋了，它成了一个肚子里装满故事的老人，慈眉善目地蹲在了锅台上方扣碗的那排架板上头。

奶奶从瓦罐肚子里掏了一小把盐，盐碎了，已经发白，我们还是叫它青盐。奶奶刚把青盐碟子放上炕头，米兰风一样扑过来，喊，我要搓油捻子！

奶奶从炕席下抽出一片红纸——奶奶的炕席下总是压有一些红纸，红纸印上了炕席的花纹。是竹篾编织的镂空花纹，痕迹清晰地落在红纸上。米兰一把抢过红纸，手一碰，花纹就被破坏了。尘土从炕席竹篾缝里筛落下去，拓印出的一点薄痕迹，其实挺脆弱，手一碰就花了，乱了，模糊了。米兰毫不在意，把红纸对折，又对折，说，四根对吗奶奶？可别以为她在征求奶奶的意见，话刚问出口，手里已经丝丝地破裂，她做主把整片纸分裂成了四瓣儿。

我不要你看——趴在枕头上的少年好像被这撕裂声给刺激了，忽然翻过身，右手下意识地护住那儿。

他一龇嘴，就露出一口褐色的牙。他神情决然，没有商量的余地。

你在我就不灸，我疼死算了！

说完他慢慢滑倒，直直睡着，那样子无辜又无助，好像他真的不行了，在表达一个将死之人留给世界的最后遗言。

走就走！米兰豁地坐了起来。

手里攥着匆匆搓好的四根红纸棒儿，她把纸棒儿拍在奶奶面前，跳下炕头，趿踏上一双男鞋跑出门去。一串话气泡一样甩回来：不看就不看，一个屎沟子，谁稀罕看哩！

少年抬头，脸被羞恼撕扯，确定她已经走了，他才又趴下，慢慢拱起身子，一点一点往下揭裤子，揭到一半又捂住了，不肯把一个大屁股伸出来让人看。

奶奶需要这样一个过程。她带着了然的耐心，将一把干艾叶在炕席上揉搓绵软了，在手心里搓出一个个钉子头大小的小节儿来。二十几个艾节儿齐并并躺在炕沿边，奶奶点上灯，才发现忘了筷子，说，祖代给奶奶蘸个锅灰筷子吧——奶奶身子重，爬上炕就懒得再下去。祖代很听话，像个笨笨的大布娃娃，慢吞吞爬下炕，又踩一个大木墩才够到筷子笼，从一把筷子里抽出一根，把筷子尖儿用舌头舔湿，又伸进灶眼里，在锅底上使劲地蘸。等拿出来，那儿就变成了一个黑漆漆的筷子头儿。

真慢啊——奶奶终于等到了筷子，接过筷子的时候，发现祖代的手糊黑了，五个指头黑了一把。她还没顾上说去洗洗，小孙女儿已经将黑手按在衣襟上蹭了。一个娘养的啊，灵的太灵了，憨的也太憨了啊，我的祖代以后可咋办哩，长大不好寻婆家。奶奶咂巴着嘴，自顾自唏嘘着。

少年终于完全褪下了裤子。露出两瓣小白山之间幽深的山涧。病灶在山涧之间深处的那条小路上。他沟子门口长了个疮。他本来藏着捂着瞒着，以为挨些日子就好了，可疼痛日渐加重，他不能伴着祖代去山上放羊了，连路也走不成了，夜里睡觉趴着哼，能从天黑哼到天亮。奶奶说吵得她脑瓜盖子都翘起来了，疼。

祖代你不能看！少年伸手护着山涧深处，那里藏着他羞耻的源头。

不看。祖代学奶奶的样子，跪在炕沿边，她说到做到，还真不看。

奶奶掰开两瓣屁股，用舌尖舔舔筷子头上的锅灰，再往少年的病痛处点出一个一个灰印。

祖代目不斜视，只帮奶奶摆顺所有的艾节儿。

奶奶捻一根艾节儿，在灯火上轻轻一伸，火苗跳了一下，小小的艾节儿头上立即冒出白烟，燃起来了。奶奶的动作是十分熟稔的，将燃烧的艾节儿底座在她的大拇指甲盖上飞快一按，压出一个适合在皮肤上落脚的底座，又迅速把这个底座在舌尖上舔一下，说，再往上撅一点，对，就这样，乖乖地不要动弹——她柔声哄着，左手按住少年的屁股，右手把艾节儿坐在了一个黑点上。

奶奶的手艺好，小小的燃烧的艾节儿好像长了耳朵会听话,一个个乖乖在少年的屁股缝里落了脚。

祖代还是不看。她将目光抬高,只看艾叶发出的白烟。这烟不太像烟,像一缕雾,是白的、淡的,刚燃烧的时候有些仓促,在微微地颤抖呢,好像艾绒也是有感觉的,感到了疼,在借助这哆嗦来减轻疼痛呢。

奶奶是个指挥官,有步骤地调兵遣将,很快让少年的屁股缝里站了一排冒烟的艾兵。

白烟从容平稳下来了,柔柔地,从下往上升,拉出一条白烟,直直的,毛茸茸的,像古代战事中燃放的狼烟。别看奶奶老了,一旦进入艾灸状态,她就变得眼明手快起来,一个艾节儿坐下去,下一个又引燃了,第一个艾节儿才烧到半腰,它身后已经齐刷刷立着一排四个同伴。

五个艾节儿一口气坐上去,奶奶才腾出空儿,喘一口气。别看只是坐在炕头上干活儿,却不轻松呢,得操着心呢。尤其小娃娃不好灸,一按住就哭,好像被针扎着一样。还有就是一些特殊的部位也不好灸,像眼睛啊头发丛里啊肚子上等,不是太敏感,就是太松软,有障碍,不能平稳地坐住艾节儿。像今天少年的这个部位,又深又怕见人,要比额头、后背等平坦硬实的地方难灸多了。

奶奶半口气没喘匀,少年扯着嗓子喊,疼——烫啊——好像有十八刀扎在了他的屁股上。

祖代的目光和奶奶的同时到达，盯向最先坐上去的那个艾节儿。

它确实燃掉了大半儿，但是离烫和疼肯定还有一点早。艾灸最好的效果是，让它再燃一会儿，直到快燃尽贴近皮肉的时候，白烟和白烟里苦苦的艾香味儿，一起穿透皮肉，渗到人的身体里去。据奶奶说，渗进去的越多，人的病痛就好得越快。

我要死了——少年又喊起来。拉长的叫声还没结束，奶奶已经飞快地抓起了那撮快要烧散的艾节儿。祖代端起碟子，早就等在那里。燃烧的艾节儿落在青盐上，继续燃烧，奶奶忙着再坐新的艾节儿到刚空缺出来的位置上去。

每一个锅灰点出的黑点儿上要艾灸三次。奶奶说只有把功夫用到，灸三遍，才会好得快一点儿。

碟子里撒下的艾节儿越来越多，它们有的燃尽变成了灰，有的还在冒烟，祖代爱闻艾味儿，她觉得香。其实这香里是有一股苦苦的草味。

祖代记得六月六跟上奶奶，踩着露水拔艾叶的情景呢。祖孙两个起个大早，奶奶背一个大背篓，提一把大铲子，祖代捏着她的小铲铲，出门往北边爬，专拣长着野草的地埂走，碰到叶子毛茸茸的白蒿子就铲下来，奶奶是有要求的，不能拔出根，不能带秆子，只要长出时间不长，还柔软的叶和枝。

那天早上的露水真大,她们走着走着就涮了两鞋面的水,水吸土,土成了泥,沾了两鞋底,很快上了鞋面,她们就成了踩着一对泥鞋壳的人。草高的地方,连裤腿也打湿了。脚和腿都变得沉重起来。祖代跟奶奶叫苦,奶奶呀为啥咱不能迟点上山呢,等日头出来了,露水散了,我们再来铲艾蒿儿不好吗?

奶奶麻利地扯一把艾叶放进背篓里,再从草丛里寻找新的艾蒿。艾蒿就混在乱草丛里,这儿一撮,那儿几株,要把它们从众多花草丛里找出并铲下,还是挺辛苦的。

奶奶拿一束刚铲下的嫩艾拍拍祖代的脸,说,那不成啊,就得趁着露水没散,带着露水铲呢,五月五,六月六,晒艾蒿的好日子!五月五的最好,但五月五的艾刚长出来,太小了,铲不上,咱就得把六月六抓住了,明白了吗?

艾叶软软的,拍在脸上不疼,痒痒的,祖代咯咯笑,她明白了,就加紧帮奶奶赶在日头把露水晒干之前,多多地铲一些艾蒿。这些艾蒿背回去后,晒干了,收起来存着。奶奶一年四季要用,谁有个头疼脑热的就来找奶奶灸一灸,腰疼腿疼的也来找奶奶灸,尤其那些刚生出来的月里娃儿和吃奶的娃娃,最爱闹个三灾八难,不舒服了又不会说话,就是个哭啊闹啊,奶奶给好好地灸灸,再用油捻子给吹一吹,一般都会好起来的。

奶奶用艾量大,就得抓紧多晒一些。

现在用的艾叶就是祖代和奶奶拔回来的。晒干后奶奶将艾叶收藏在崖面下的几个土窝窝里。

闻着这熟悉的艾香味儿,祖代好像能闻出六月六那个早晨的露水味儿。那是清凉的芬芳的味道。还能闻到她们用手揉晒时候艾叶饱饱吸收的阳光味儿,热热的,很干爽。这味道她闻不够,只要奶奶在家里灸病人,她就来帮忙,顺便闻闻艾香味儿。

祖代听话,少年不让她看他的屁股,她就一直不看。人总是有一些地方不想让别人看到的。有女人来让奶奶灸一些不愿被人见到的部位,她们说那是"见不得人处"。灸"见不得人处"的时候,祖代只能隔着门闻艾香。那时候她就忍不住猜想那究竟是啥地方,人走了,她问奶奶,奶奶变得不慈爱了,有些凶,说娃娃家,问那么多做啥?

女人有"见不得人处"。少年把屁股捂得这么严实,是不是这也是他的"见不得人处"?

她试着慢慢挪目光。还好有艾烟,淡白的烟雾牵引着她的目光,让目光变得有了重量。少年其实脾气挺好的,她不怕他。米兰还经常欺负他呢。

我就偷偷看一眼——祖代听见一个声音在心里诱惑她。

是烟雾吧,烟雾像是活的、柔的,是谁的手,牵住了她的目光不愿意放开。

疼——他又大喊。

祖代一慌,仓皇让她忘记了顾忌,目光完全看了过去。她看到了屁股深处。其实也没啥看头,不就是个又白又圆的屁股嘛——况且这屁股还不如她想象的那么白、那么圆。她纵容自己大胆地看。她有一种被什么欺骗了感觉,被骗了就觉得亏欠,想把这亏欠找回来,她的目光从容下来。

她看见奶奶将艾节儿坐在一道壕沟里。真是难为奶奶了,这么狭窄险峻的地方,她还能同时坐住四五个艾节儿。没有多年的功夫真是做不到的。沟渠向两头延伸,向上是脊背,向下,延伸进了暗深处。祖代看到了一个疮,夹在两个半山之间,顶尖泛着红,看样子还没到熟脓的时候。

她帮奶奶搓油捻子,散开米兰搓下的粗棒子,分成两半,搓出两个细细长长的小棒儿。要搓得又细又紧才好,比筷子还细,才能燃得长久一点。搓好了,把最后一点边儿用舌头舔湿,粘好,又从当腰掐成两截,这才是奶奶能用的油捻子。

艾烟不知不觉就飘满了屋子。

碟子里的青盐上横横竖竖躺满了艾节儿的残骸。门外传来咚咚声,有人在敲玻璃,喊,灸好了吗?这半天了咋还没完？我要进来——是米兰。

啊，不要她进来！我不要她看，羞死了，羞死了！我不灸了！少年拧着脖子嚷，就要伸手来捂住屁股。

不敢不敢啊——快好了——奶奶也喊，她吓坏了，一手按住少年的屁股，一手飞快地把剩余的几枚才烧了一半的艾节儿全抓进碟子里。

祖代抢在奶奶前头拧开灯盏盖子，把捻子伸进去，看看吸饱了油，递给奶奶。

奶奶接过捻子，又皱眉头又笑，你呀，你看这油把捻子吃透了，太糟蹋油了——她本来想夸祖代勤快，可她让油捻子吸了太多的油，奶奶心疼极了。

祖代不怕奶奶抱怨，刚换牙缺出的那个豁口咬着黑黑的小嘴唇，嘿嘿嘿憨笑。

奶奶把捻子在火上一挨，哗就亮了，煤油就是这脾气，见火就着，还发出一股烟味。这味和艾烟味不一样。祖代觉得跟艾香一样好闻，她喜欢闻。但米兰总是骂这味道臭，能把人熏死。她就是那么怪，连艾香也能说成臭？

奶奶把冒火的捻子对着少年的屁股旋，旋出一个又一个圈儿。油耗尽，火小下去，奶奶噗地吹一口，吹灭了，再来蘸一次油，又点燃了旋。

祖代眼睛亮晶晶地看着这个过程，她喜欢看奶奶做这些,别看火亮闪闪的,其实离得远,一点也烧不着,吹灭火的时候,一口一口的气,透着清凉呢,舒服极了。她有病的时节奶奶就给她这样灸,这样吹。她喜欢躺在枕头上,被奶奶的手灸,感受着一个又一个艾节儿稳稳地坐在皮肉上,在艾香味儿当中慢慢闭上眼,香甜地睡了。一觉醒来,全身心松快了,感觉病也就好多了。

少年本来一直忙着保护屁股,终于完全放开了,他哼哼地呻吟着,看来他感到了火的灸热、气的清凉。

像个死狗!

米兰推开门缝,从门缝里塞进来这句话。

我不要她看!少年从浅睡中惊醒,指着米兰抗议。

噗——奶奶吹出最后一口气。油捻子燃尽了。她又给少年盖上被子。祖代已经把枕头挪个位子,她知道灸完了奶奶会让病人挪一下位置的。

果然,奶奶让少年睡到窗根下去。

为啥要挪窝儿哩?祖代问过奶奶。

把奶奶给问住了。她也说不上原因。好多事奶奶都说不上原因来,但不影响她的认真。

少年刚睡过去,门就开了,米兰打开门,一只手掀开门帘,一只手在鼻子前面夸张地扇着,臭死了,臭死了!目光看炕上,用鼻子哧哧笑,黑黑,起来,我们耍走!躺着装死啊？她自问，接着又自答，死不了！不就是屁眼上长了个烂疮嘛，还儿子娃娃哩，比我们女子娃还娇气！

奶奶气得拿手拍炕沿，说你这个贼女子呀，尖嘴长牙的，长大了谁家要你？哪个男人敢要你当媳妇？你有我祖代一点稳重就好了。

米兰龇牙，又拿鼻子嗤祖代，你祖代，你祖代，一个呆头笨脑的瓜女子，奶奶你真拿她当宝贝啊！就是不知道是谁，又经常为她的蠢笨发愁呢？说她长大了找不着婆家。

气得祖代瞪眼，急哭了，她从没有想着找婆家的事呢，米兰这个烂了舌头的尽胡说！

少年再也躺不住了，溜下炕穿鞋，斜拧着胯子要出去耍。奶奶追着撵，要他好好睡下眯一会儿。刚灸完，咋着不听话呀——米兰已经拉上少年的手，拽着他跑出门去。

只有祖代没走，帮奶奶拾掇残局。碟子里的青盐和艾灰要倒掉，灯盏挂到木橛上去。地下也得扫扫，搓艾叶溅出的尘土落了一层呢。

奶奶连着灸了七天，第七天上，少年自己不愿再灸了，因为他明显好了，走路不用斜拧着胯子了，他能跟上米兰乱跑了。奶奶将他按在炕上，坚持灸完最后一次。奶奶说七天，灸够七天才好，才能把病根儿给拔除干净。这么我才放心，要万一复发了哩。

最后这次灸完,不等奶奶唠叨,叫黑黑的少年自动挪了个地儿,从炕里睡到窗根下来。他文静乖顺地躺着,侧过脸拿眼睛余光看地上。奶奶把所有艾叶团起来,包好了,叹一口气,说,大松活了,再不用灸了,缓上几天,你就得回去了。你妈来的时节扎咐又扎咐,叫你浪上一个月就回去,你这个疮啊,愣是叫你多耽搁了一个月。眼看麦子就要收割了,你不回去,娃没人看,你妈急得两个脚炒菜哩。

少年的视线里,一个小身影跟在奶奶身后,倒了艾灰,把碟子洗了,又拿笤帚扫地。她没有米兰麻利,干啥都慢悠悠的,但是认真,干不好就不会撂下活儿跑去耍。

哎——奶奶回头看,外孙子这几天确实急坏了,天天念叨说超过了他妈规定的归期,耽误了农活儿,他要挨打。但沟子上长了个毒疮,不是他能决定的。一个疮把他绊住了。今儿她准许他很快回去。他咋反倒不着急了。

少年翻个身,目光望窗口,玻璃上一张脸笑嘻嘻的,由于她贴得太紧,玻璃把脸压变形了,鼻子不像鼻子,是个压扁的大蒜头。牙惨白惨白,跟死人一样。眼仁转出两团黑亮亮的光。那光里有两位少年。少年的眼里有了一点点的不舍。就要走了。天天嚷着走走走,把走挂在嘴上,一旦真的要走了,他心里咋就有一点点的难受呢?

出发的时间定下来以后,他们照旧去山上放羊。这三个月里,少年几乎天天跟着两个小表妹上山。春夏是草丰的季节,他们把十一只羊放成了十五只。爷爷高兴,说他的羊哪年都没有这样发旺过,今年下的几个羊羔都成活了,还蹿蹦得这么欢实,都是娃娃们的功劳呀,他们把羊放得好。

其实他们还是那个放法,跟平时没啥不一样,把羊吆到山上,让羊自己吃草,他们就只顾着疯耍了。黑黑是北山里来的,他带来了北山孩子的耍法,和这里的耍法不一样。米兰是很向往北山的,她说北山的口音好,听着洋气,不像我们这边的人,说话难听死了,土气死了。还有北山人蒸的大馒头好吃,又白又暄,还有拧的莲花子花卷,这里的人是学不会的。

祖代不喜欢姐姐这么说。她瞪大眼,圆溜溜的,看着姐姐。你为啥要这么说哩?为啥我们的口音就不如北山的好听?还有大馒头,咱娘也会蒸啊,只不过娘是舍不得白面。娘说蒸馒头最费面了,我们这儿要是能像人家北山那样产麦子,天天吃得起清油白面,她蒸出的馒头肯定比他们的还大、还要暄白!你忘了叶子姑姑的手艺还不如咱娘呢!

说嘴的活儿,祖代哪能是米兰的对手?米兰呸呸呸,说,咋了,还不服气对吗?你个山里棒!土包子!哪晓得人家北山里的好!你就一辈子窝在山沟沟里,哪晓得外头的世面有多好!

她的脸上有明显的向往,她其实也没去过北山里,姑姑有时来浪娘家,总说要领大家去北山里浪浪,然后她就描述起北山来。总之一句话,北山里的人、事、地儿、景物、吃食、穿戴……都是最好的。北山里的人好,男人有本事,还长得攒劲,比这里的男人强多了。女人呢,比这里的水灵得多,穿的都是新料子衣裳,那衣裤才不会在家里由主妇们做呢,都去裁缝铺里量身定做,做出来裤子是裤子,上衣是上衣,有款有样,穿得人都有了人的模样儿。

一家人都喜欢听叶子姑姑的话,好像在听古今里的传说。一个遥远而有魅力的世界,是值得想象且向往的。

只有祖代她娘悄悄嗤鼻子,背过姑姑的时候,她冷笑,说,吹吹吹,一天到黑就是个吹牛皮,也不怕给吹破了。谁不晓得那北山里人就爱耍个嘴皮子,能将麻雀儿说下树来,把冬天的冰也能说开花儿。真要到了他们家,抠搜得牙缝疼,那人情啊,凉水半碗!寡得能照出人影儿来。

话说多了,就会漏风,吹进叶子姑姑耳朵里去了。姑姑吃在心上,这姑嫂两个就成了针尖和麦芒。

祖代的娘生的女儿米兰,却不跟她娘一条心,她更喜欢姑姑的北山,她最大的心愿就是能及早去一趟北山。

表哥黑黑从北山里来了,带来了北山的味道。这味道由语言、表情、姿势、衣着和吃饭的样子等,方方面面组成。

但结果让她挺失望的。失望的结果是,她对北山那个地方更加神往了。她喜欢的是叶子姑姑口中的那个北山,而不是黑黑的气息里折射出的北山。

黑黑除了口音明显是北山那边的,按米兰的说法,是洋气的,他就再没有什么值得称道的优点了。他跟这里的儿子娃一样,脸晒得又黑又红,吃饭时端起碗扑腾扑腾就往嘴里刨,吃饱了还放响屁,夜里磨牙,偶尔还尿炕,一嘴牙齿居然不白,好像喝了啥带颜色的水给染了,永远灰叽叽的。羯羊打头的时节他不敢拉架,有一回还吓得拉到了裤裆里。尤其是来了一个月后,他还想家了,想得哭鼻子,一边哭一边像本地人一样擤鼻涕。米兰说那眼泪像捏菜水,清鼻涕像热糨子,恶心死人了,还儿子娃哩!

这些太明显的缺点,让米兰恼火,认为这太丢北山人的脸了。

米兰这几个月鄙视黑黑成为一种习惯。明儿黑黑就要走了,米兰对他的嫌弃还是一点都没减少,反倒更强烈了,简直到了走一步赶一步的程度。步步都踏着黑黑的话点儿挤兑。黑黑也有些怪,好像一直蔫巴巴的脾气,今儿吸饱了水分，脆起来了。

米兰说世上的人名那么多，起个啥不好呢，偏偏叫了个黑黑！像大男人的名字吗？还带颜色哩！咋不叫个白白？

说着弯下腰去拔野花。大多数野花已经开过了，现在轮到一种叫野狐大豆的花儿在开，浅绿的叶子，托起一串娇嫩的黄花。她手里很快有了一小把，小脸被映出一抹嫩嫩的黄。

黑黑也弯腰去拔野花，他拔的花儿叫狗娃花，拔到了攒在手里，说，叫个黑黑咋了？我们北山里人都这么起名字，还真有叫白白的呢，还有叫蓝蓝的，叫红红的，叫绿绿的。

米兰拿鼻孔嗤他，哼，都说北山里人教门上不行，粗得很，我看没亏说，你们咋不起经名儿呢？主麻、哲布、古拜、哈三，都是儿子娃用的好名字，哪一个都好听着呢，你们为啥就不用？偏偏地要红红绿绿黑黑白白呢！这就是女人的名字，头上顶着个女人的名字，你不害臊？

黑黑的眼睛红红的，好像要气哭了。但他不像过去这几个月受欺负的时候，一受气就抹眼泪，窝窝囊囊受着，他今儿眼里没泪，是干红。他说起啥名字是我爸我妈我爷的事，关你啥事？你听不顺耳，那你给我改了啊，你给我起个好名字！

米兰伸手拔野狐大豆的花，把花瓣从花朵上揪下来，扯碎了，丢在风里，笑了，说好啊，你就叫个脏脸吧，哦不，叫老妖吧。

黑黑也笑了，说，骂我不是人对吧，你家的猫不是叫脏脸吗？老妖是那只老狗！说着把手中的花儿抽出几根，头和头拧个结，身子和身子往一起交织。

米兰大笑起来，笑得鼻子眼睛眉毛全挪了位，她太夸张了。嘴大张着，鼻子斜了，眼泪也出来了。她用手背抹一把眼睛，手上有土，脸也脏了，她不管，她说你要是脏脸、老妖就好了，你就一辈子是我们家的人了。花瓣扯了一把，忽然她手一松，一捧嫩黄乱纷纷飞。

黑黑本来气得要炸开的脸，忽然被人泼了凉水一样，把那劲儿给激回去了。他慢慢冷下来，眼里的红变成了雪青、苍白。他呆呆地看着面前就要顶到他脸上来的另一张脸。

祖代在边上傻看着。黑黑和米兰的这一出，她看不懂。都是咋了今儿？平时姐也没这么凶嘛。黑黑更没这么犟。今儿他俩都加倍了。这是干什么？黑黑是明儿就要走的人，米兰还揪住欺负，这也太不厚道了。

她谁也不敢劝，只能忍着。

但是她委屈。委屈什么呢，她不知道。没人在意她的心情。但她确实心情不好。好像有一个艾节儿，在心里点燃了，徐徐地冒着轻轻的白烟。艾香让人陶醉，但艾节儿眼看就要燃尽，炙烤到皮肉。她忍着，默默地承受着疼痛。

她想伸手把疼痛拔出来。可就是不知道这疼在哪儿？手够不到，摸不着。是在空气里，还是在心里？她说不清楚。

她安静地看着这两个人闹腾，羊跑了他们也看不到一样。她懂事，她不能眼看着羊吃了别人家的庄稼，她扛上羊鞭去赶羊。她撵着羊群跑，先是她在赶羊，羊群已经离开了庄稼地，她还在赶，甩起鞭子狠狠地打那只爱带头惹事的大羯羊。

大羯羊机灵，一个蹦子就把她给甩下了。她跌倒，爬起来，扑了一身两手的土。她不拍土，带着土跑。跑啊跑，把眼泪跑出来了，也把心里的痛给颠出来了。她知道了，她在难过，因为黑黑明儿就要走了，他走了，肯定好几年都来不了一趟。长了这么大，他还是头一回来这里浪亲戚，北山和南山间的路途实在是太远了，远到她没法用自己的小脑袋去想象。

她是有点舍不得他走。长了这么大，她只有姐姐这个玩伴，但姐姐总是欺负人，需要跑腿儿的事都派给她去跑，能打的零杂儿总是命令她去做。姐姐还动不动嘲笑她，笨、傻、慢，这些词儿都被姐姐安在她身上。

她习惯了，也就不觉得有什么了。黑黑来了，改变了原有的状态。他分担了祖代头上的那一份。米兰说他比祖代利索，比祖代听话，但没祖代笨。

黑黑成了米兰的跟班。祖代就自由了大半。祖代站在远处看着米兰欺负黑黑，她气米兰太过分，又觉得黑黑确实不争气：一个大男娃，比米兰还大着几个月呢，真要打起来，米兰不一定是对手；偏偏他不敢动手，就知道跟着她打嘴仗。打嘴仗也不是他的强项，斗来斗去斗了三个月，他一次都没有赢过。

他让人看着生气、着急，他这是窝囊又可怜啊。

世上怎么会有这种儿子娃？长大了会是个咋样的男人呢？

米兰说哭鼻子的男人嘛，除了一天到黑围着女人的沟子打转转，长大能有啥出息！

祖代也感觉这姑舅哥长大可能不会有啥出息。可她为啥偏偏就那么喜欢他的这种没出息呢？他像女子娃一样围着她和米兰转来转去的时候，总是笑嘻嘻的，还会讲笑话，把大家都逗笑。别人大笑，他始终眯着眼睛浅笑。他那浅浅一笑的神情，有一种力量，轻轻的，似有若无的，忽然就一把抓住了人的心，让人的心忽然就扑腾跳一下，把空气都跳软了。他的北山口音在南山的方言环境里显得有种笨拙。米兰高兴的时候夸他北山口音好、洋气；一不高兴就骂他的口音比屎还难听，他的大舌头糟蹋了北山口音，丢死北山人的脸了。

受欺负，他也笑；被夸奖，更笑。他总能笑嘻嘻的。他笑的时候，眼皮好像变薄了，拉紧了，眉目间添了一抹秀气。不听声音，只是看脸，你会感觉他就是一个女子娃，而且还是个很秀气的女子娃。被米兰气哭的时候，他慢慢地落眼泪，祖代的眼泪不由得也会跟着往下落，好像他眼里的那些清水就是从她的眼深处流出来的，她管不住，它们就是要跟着黑黑的眼泪一起往出跑。她总怕米兰看到了骂她，说她没出息，像黑黑一样没出息。落泪也是偷偷摸摸的。这偷摸让她心里有一点小小的甜蜜，好像自己跟黑黑之间有了什么隐秘的关联，这关联米兰不知道，也参与不进来，属于她一个人独有。

明儿他就要走了。走了也好。以后就看不见他了，那么他受多少欺负，他哭鼻子，他笑，都和她没有关系了。

黑黑走的时候祖代和米兰都没有看到。她们还在睡梦里。黑黑半夜被奶奶摇醒，跟上爷爷走了。南山去北山太远，要走一整天才能到达，需要早早地出发才行。

日头出来，她们要赶羊去山上放。祖代在窗台上看到一个花环，狗娃花编织的，一根一根地交织出一个圆圆的圈儿。她看了看，拿起来戴在头上。祖代又成了唯一挨骂的那个人。当一种待遇失去后又回来，便像一顶昨夜摘下今早又戴起来的旧帽子，她感觉到这帽子实在小，它紧紧卡在她脑袋上，紧得她脑子疼。她就悄悄地遥望北边的方向，据说翻过那座最高的六盘山，就是北山里了。北山里究竟是个啥样的地方啊，为啥这么让人心心念念呢？好像她心里的什么东西被谁给带到北山里去了。

头上的花环发出幽香，她闻着香味，就不停地望北边。

米兰忽然一巴掌打过来，扇掉了花环。她骂，人都走了，还戴这些破花花做啥？

祖代不吭声，捡起来看了看，又戴回到头上。

米兰又一巴掌扇过来。祖代躲开了。

狗娃花，臭死了！

祖代听她的话，把花环取下来，米兰抢过去就扯，一把一把扯碎，把碎渣丢给了风。

风乱糟糟吹着，很快带走了那些发蔫的花枝。

时间一年一年过去，她们再也不玩野花编花环的游戏了。她们长成了大姑娘。米兰就要出嫁了，她变得稳重、端庄，脾气也有了变化，不再处处嫌弃祖代了；但祖代还是笨笨的、憨憨的，干啥都快不起来，永远慢腾腾的。

米兰出嫁前夕，带着祖代去了北山。说了这么多年北山的好,北山究竟咋个好法,都只是在听叶子姑姑说,现在她们长大了,终于可以亲自去看一看了。

南山去北山的公路也通了,不用像从前那样全靠步行,还需要花一整天的时间。现在坐班车花四个小时就到了。她们去参加姑舅哥黑黑的婚礼。

她们先步行,从家里走到镇子上,再坐上去市区的班车,然后倒一回车,这才能到达六盘山北边山脚的一个乡。叶子姑姑的家就在那里。

黑黑家很好找,你们下了班车,问街上的人,一问就能找到。叶子姑姑是这么告诉她们的。姑姑没说错,她们从班车里下来以后,在乡街道上问了两个人,都指着北边高处的一户人家,说那就是黑黑家。她们很快找到了叶子姑姑的家。

姑姑家一周后娶新媳妇。全家已经在热火朝天地准备起来了。布置新房子,买东西,宰牛,起面炸油香,蒸馒头,做烩菜,做九碗席……祖代听到姑姑掰着指头数这些就头大,原来办喜事这么麻烦。米兰却有兴趣听,听得有滋有味的,下个月她也要出嫁,她已经像个成年妇女一样,能和姑姑有模有样地讨论婚礼上的那些细节了。

祖代看见门外一个角落里蹲着一辆自行车,过去摸车把,她不会骑自行车。南山老家的路太陡了,她家里也没有自行车,她还没有机会摸过自行车呢。

　　姑姑家的自行车其实很破旧了,看得出能交废铁了。院里还放着一辆摩托车,刚买回来的,崭新得不沾染一点尘土。那是黑黑姑舅哥专门买的,新婚必备的家当。祖代绕着摩托车走了一圈,没敢触碰它。她去试着摸自行车,它跟她想象中的一样。就是这辆自行车,黑黑给她们讲过。黑黑说他家乡要修火车路了,火车路很长很长,从天边边下来,又伸到天边边上去了。姑父去修火车路的地方干活儿,就用自行车捎着黑黑,黑黑是见识过火车路从无到有的生长过程的。像从地里长出来一样——祖代一直记着黑黑当年的描述。真的就像庄稼从土里长,先向下扎根,哐哧哐哧地打路基,打好了,再铺铁轨。一样一样地来,不能乱,这才长出结结实实的铁路来,这样才能让火车安全地在上头跑。火车那可是很重的,路只要有一点点不好,肯定就压碎花了,车也翻了,麻达(麻烦)就闯大了。

　　如今回想起来,黑黑少年时代说过的话在耳畔回旋,句句清晰,字字难忘。

　　祖代没见过火车,也没见过火车路。她想去看看。她希望能由黑黑姑舅哥带她去。这是她唯一的愿望。再有几天他就结婚了。明天他就要去和新媳妇拍婚纱照。想到他和另外一个女子肩并着肩,站在一起,把那一刻永远留下来,她的心里有一点难受。这个女子是米兰的话,她也能接受,但偏偏不是米兰。

可真要是米兰呢,自己真的不会难受吗?一点都不难受吗?

车铃丁零零响,是米兰过来捏了一把。她一来,黑黑也就凑过来了。

带我去看看你们的火车路嘛。听你吹过火车路上过火车有多牛气,倒是领着人家去看一看嘛,眼见为实。

米兰将祖代没敢说的话给说出口了。

黑黑像一团沉默的火。米兰伸了一根火柴,火就扑哗烧了起来。

黑黑说好啊,铁路就在那里,一趟一趟过火车呢,看看又不掏钱,为啥不去哩?说着跨上自行车,使劲地按铃,按出一长串尖叫。米兰整个人好像也被这一串鸣叫注入了力量,兴奋起来了,腿一跨,坐上了车后座,手拍着黑黑的后背,走啊,去看火车了。

黑黑用脚撑着,把自行车慢慢抬出大门槛,大门外就是大路。他骑上去蹬起来,车子就向着远处箭一样飞蹿而去。

祖代跟出门,用目光追赶他们。她慢慢跑起来,自行车上的两个人越去越远,很快重叠成一个身影,再往后就变成了一个点儿。祖代盯着那个点儿不放,她追着那个点儿撵,风呼呼擦着耳朵,向脑后冲去。风在身后努力,要扯住她,她不管,她不顾,她很努力,很努力。可那个点儿还是消失了,和前方的茫茫虚空融合了。她恍惚觉得自己长大了,那些套在她身上的看不见的环,在这一时段里纷纷地碎裂了,包括那个套在头上的狗娃花儿编织的花环。它们都碎成了片儿,纷纷地飞着,落着。她使劲地踩着这些碎片,用尽全力地奔跑。

相　撞

1

撞人之前，王越脑子里想的全是半个钟头前课堂上的事。他被一个叫刘远大的学生当众顶撞了。起因是，他在口干舌燥地讲课，人家在下头偷偷摸摸看手机，而且反复好几次。他恼了，把课停了，准备专门用剩下的半节课时间来整顿思想。刘远大被拔起来以后，居然不承认他在玩手机。你凭啥说我有手机？学校明文规定学生不能带手机进校门，我又不是不知道。他翻着白眼挤兑王越。王越瞅着他的小模样儿，被气笑了，心里一百束火苗在扑哗哗燃烧，想全部喷向这个毛头小子，最终还是忍住了。冲动是魔鬼，都说老师是人类灵魂的工程师，既然顶着这样伟大的头衔，他就首先得具备和魔鬼对抗的能力吧。他深呼吸，把魔鬼压下去，竟然心平气和了，说刘远大同学，我相信你没有拿，也没有看手机，你只是想把头埋进桌框里独自思考一下人生对不对，毕竟老师讲课太吵了。

同学们哄堂大笑。刘远大也笑,笑得比谁都灿烂,说,对呀老师,我就是想有个可以思考的空间躲一会儿。人生苦短,何必太急?该歇的时候还是要给自己放个假的。同学们又哗啦啦笑。王越悄悄目测了一下,发现一个假期没见,这小子又蹿个儿了,比自己高出大半个头——如今的孩子普遍营养好,十七八岁就已经一米七、一米八很常见。真要惹急了打起来,自己未必是这小子的对手。兔子急了也咬人呢,况且这帮高三毕业班被学习逼得恨不能钻天入地的男孩子。刘远大又是男同学里顶混的一个。退一万步说,就算刘远大不是自己对手,难道他真能和学生厮打?传出去人师的脸面还要不要了?王越在心里给自己做了场心理疏导:成年人,我是成年人,成年人不能和小屁孩计较,得包容,得尊重,得春风化雨,你有一颗博大的心,你能容人间一切苦厄……等到下课铃响起,他真的放下了。他像个看破红尘的百岁老僧,迈着沧桑破败的步子走出教室,骑上自行车,回家去吃午饭。

这个时间段最拥堵的是校门口。他推着车步行穿梭出人与车的河流,直到路面空旷起来,这才跨上去骑行。早春的空气里有着一层浓重的寒凉,他微微昂起头,深深呼吸,把憋在胸口的浊气给排解出去。做教师就这样,有乐趣,也有憋屈，尤其是他这样的年轻班主任，在比自己小不了几岁的高中学生面前，既要有足够的智勇，还得锤炼出百折不挠的绕指柔性情。想起刘远大在课堂上那对充满挑衅的眼睛，王越真想把一口老血都吐出来——路畔忽然冒出来一个人。王越脑子一空，手下意识地赶紧拉闸，记忆里他从来没有这样用力地拉过车闸，车轮之间发出一声沙哑的吱嘎，好像有个冤魂本来蛰伏在车轮之间，被忽然降临的紧急制动砸碎了五脏，发出一声拉得很长的刺耳哀号。还是迟了点，前车轮撞到了一个软软的身体。

哎哟。王越听到身体叫了一下。他发现倒在车轮边的人是个老人。后面王越根本记不得自己是怎么下的自行车，怎么扑上去查看老人的伤情，都跟他说了些什么。他满脑子都是一个念头：我撞人了，撞的是个老头儿，有七十多岁吧，这下完了，他死了，我得做出巨额赔偿，他昏迷不醒，伤筋断骨，我得掏所有的费用……他甚至有一刹那冒上来过一个邪恶的念头，干脆趁这里僻静，没人看到，也没有监控，骑上车跑路了之，老头儿这么大岁数了，肯定记不住他的长相，况且他还戴着口罩呢——疫情发生以来，他第一次觉得戴口罩是这样有用，关键时刻能救人于水火啊。

王越没有跑路，他按照老人的要求，拨打了电话。然后他坐在路边等人。老人拒绝让他搀扶到路边再等。我得保存车祸现场——他这样跟王越解释。你也知道,现在的人不像话,越年轻越不懂事!他的目光在看王越。王越敢肯定老人这是第一次认认真真看自己。尤其像你这样的年轻人!他跟年轻人有什么样的深仇大恨啊,要这样一棒子全部打死。王越哭笑不得,又百口莫辩。全世界年轻人的黑锅,他就这样背起来了。他没觉得沉重,就是有点饿,上了一上午课,现在十二点四十分了,他饿了,平时这个点他到家了,一边鸡飞狗跳地做饭,一边往嘴里塞各种现成的食物——冷干粮、水果……他饭量好,得先压压饿气才能等到正式吃饭。

  我为啥没有跑路哩?他望着躺在路边,有些无辜的自行车——老人不许他扶起它并且挪到路边。它也是案发现场!老人说。王越本来以为他是政法系统退休的,那么注重保留现场。听到这句话他又否决了猜想,说出这句话不像浸淫法律界一辈子的人该有的水平。王越想了想,说大爷你用错词了,它不是案发现场,因为我们这是交通事故,不是凶杀案,不存在案发一说。说着他一屁股坐在了马路牙子上,吃不上饭,先坐一坐吧,站着挺累的。老人翻了翻白眼,笑了,年轻人你说得对,我确实用错词了,那你说该用个啥词语合适?王越说要不你先挪到路边来咱慢慢商量?你看躺路中间多危险,万一来一辆车呢?前头那个弯子转得急,要不是那个弯子,我也不会眼睁睁把车子骑到你老身上,对吗?

老人望了望那个弯子，说年轻人，你说得对着哩，那个弯子确实不合理，你看车那么开过来的话，稍微不注意就可能出事故，你说交警咋不给这里立个警示牌子，告诉所有过弯子的司机，这里要减速！

他忽然眼神定住，问王越，哎，年轻人你减速了吗？王越刚刚松弛下来的神经骤然绷紧，说大爷，你看我这又不是机动车，我拉个闸就可以了，我不用踩刹车。老爷子翻了翻白眼，说年轻人你这就不对，不是机动车你也得踩刹车啊，要么你打个喇叭，我眼神是不好了，耳朵灵着呢。王越瞅了瞅他的眼睛，没法鉴定他眼神好不好。他苦笑，大爷，我倒是想踩个刹车，再打个喇叭，可我得有那个实力啊，你看这自行车，它一没有刹车，二没有喇叭，本来有个铃儿，还叫刘远大伙同他哥们给我弄坏了。大爷翻翻白眼——王越发现这老头儿挺爱翻白眼的。大爷笑了，说自行车没刹车，你就不知道买个小车啊？有了小车不就刹车和喇叭都有了。王越也给他翻个白眼，心里说孙子才不想买小车哩，我做梦都想，可我刚买了房子，你大爷这辈子肯定没体验过背贷款买房子的滋味，比撞了你好不到哪儿去。老头子拿白眼瞪着王越，说年轻人你要知道，法网恢恢，疏而不漏，你不要思谋着逃跑，固原城巴掌大，哪个旮旯都有法律哩，你跑不了的。

王越抬头看看高处的阳光，正午时刻，春寒被阳光晒薄了，身上有点热，头脑里昏昏沉沉的。这个点他平时都吃上饭了，然后是十分钟的短暂午睡，下午还得上班，还得跟刘远大之类的调皮学生斗智斗勇。他说大爷你累不累，累的话到路边来吧，你看这儿多平坦，你坐着会舒服一点。他实在受不了老人保持现场的那个姿势，据老人自己说，那是他被这个年轻人撞倒以后的原始姿势，这个必须保留。不然你跑了咋办？王越苦笑。我都陪着你这半天了，我要跑不是早跑了吗？我还帮你打了电话的。他无意中用上了在课堂上的语气，正在解一道难题，循循善诱地引导孩子们回答。老人白眼一翻，说那可不好说，年轻人你是不知道，现在的人坏得很，你都想不到能坏到啥程度！把人撞了，不扶起来就跑了。王越有点可怜巴巴地瞅他，心里说我明明要扶的，可您老不答应啊。老人无视王越幽怨的眼神，继续沿着自己的思路往下说。他说年轻人你是不知道，现在的人确实坏得很，不敢随意扶。就算你想做好事，真要扶一把，你也得喊几个证人一起扶，最好有人拍个照片啊视频啥的，到时候做证据。王越不由得前后左右地瞅，这段路僻静，没有一个人路过。他一没想着跑，二来这老人就是他自行车撞的，还用再找人作证？他感觉老人的思维有点混乱，摸不清他要表达什么。老人半个身子倒在路上，屁股撅着，好像要栽倒，又舍不得，就这么半爬半跪地保持着一个姿势。这不影响他说话。他说年轻人你不知道，不是老人变坏了，是坏人变老了。王越哭笑不得，心里说这话可是你自己说的，我没有这意思。这时候有车辆出现，直奔这里。老人的儿女们到了。

2

老人的三个儿子、两个女儿、两个女婿、一个儿媳妇，一大群人，七嘴八舌地把王越骂了一顿。好在看样子都是受过教育的，在固原城里也是有身份的人，没用脏话骂，就是批评他眼睛长哪里了，骑车不看路，忍心撞一个七八十岁的老人。撞了人为啥不叫救护车？老人要有个三长两短，王越吃不了兜着走，等等。王越的肚子倒是不饿了，他一个劲儿赔笑脸，千错万错，他错了，错了还不行嘛。说话间，老人的一个儿子打了120，还有一个打给了交警。等救护车的间隙，大家忽然安静下来了。老人的一个女儿抱着老人，老人好像还想保留那个最初的姿势，但女儿不愿意老人像一张枯萎的羊皮一样蜷缩在冷硬的路面上，她把老人的半个身子揽进自己怀里，只让他下半身依旧蜷缩在路上，这样的话，等于还保留着一些原发现场。王越也不知道自己怎么就那么想说话，他趁大家发泄完初来的怒气，赔着小心说，我觉得咱们不用等交警和救护车了吧，老叔看着问题不大，你们的车就可以送到医院去，救护车太慢了，万一……不等他"万一"出后面的话，脸上挨了一个嘴巴子。

是老爷子的另一个女儿打的。她的眼神能吃人。不等她说话，别人乱纷纷包围了王越。王越捅了马蜂窝，惹起公愤了。你究竟几个意思？老爷子的儿媳妇一边拿手里的小皮包摔打王越，一边逼近，你不让我们叫救护车，不让喊交警，你想赖账是不是？你把人撞了，你还想蒙混过关？真是糊涂成双，这时候王越犯了这场车祸当中的第二个致命错误，他说本来我就没有撞他，是他自己撞上来的。说完他就无比光荣地挨了第二个嘴巴子。哪位女性打的，混乱中他没看清。这女的狠多了，下的是死手，王越半边脸顿时火辣辣的。你说的啥？都啥时节了你还敢胡说八道？看我不把你这杂碎大卸八块！一个男人愤怒了，叫骂着往上来冲。被大家架住了。最年长的一个男性，应该是老爷子的女婿，他比较冷静，他说大家不要冲动，究竟咋回事问问不就清楚了？万一咱真冤枉人了哩！人群霎时沉默。大家齐刷刷看他。大姐夫你啥意思？难不成你认得这小子？你不能向着他说话啊。大概是小舅子，二不愣登地说。大姐夫赶紧摆手，不是那意思，才不认识他哩，我的意思是，毕竟咱老人有些痴呆，万一他是别人撞的，而这年轻人是好心要扶人，还给我们做家属的打电话。

王越眼眶发酸,竟然还有一个向着自己说话的,太难得了。上个月他还带着学生讨论过一则作文素材,如果有人倒在路上,你扶不扶?扶了惹祸上身怎么办?学生分成两派,争论了一节课。最后他给强行打断,并做了结论。他当然以正面肯定为主,他说我们要相信人心,相信世间好人多,正能量终究占上风。现在好了,他遇上活事例了。目前看来八九个人都一边倒责怪他,只有这个大姐夫是讲理的。他之前脑子混乱,只想着老人没事就好,忘了细想过程,现在想起来,还真不是他撞的老人,他骑行中是有点走神,忘了左右看路,但老人确实是自己撞上来的。像一口袋面,本来立在路畔,忽然就自动栽倒,撞到了他的车轮上。

我没有撞。是大爷自己撞的。王越知道澄清自己的时候到了。他必须这样坚持,不然后面的赔偿谁知道有多吓人。他一个穷教师,每个月还着房贷,还没结婚娶媳妇呢,拿什么赔偿?再说这也太冤枉了。我爸怎么会撞你呢?你意思是他碰瓷了?抱着老爷子的那个女儿,不抱了,把老爷子放到了路面上,疯了一样扑过来,一边摇头,一边喝问。她确实被王越的话气糊涂了,也刺心了,眼泪横流,一副要拼命的架势。王越赶紧后退,一直退到自行车旁边。这会儿也就这自行车跟他亲近,他希望它能庇护他。可它瘦骨伶仃的,也冷冰冰的，根本给不了他什么庇护。

叫大爷自己说吧。交警来了，他听不清老爷子的儿女们一窝蜂地都在乱嚷什么，他倒是听清了王越有点弱小的辩解。他看了看对峙双方的力量和阵势，建议问问当事人。老爷子看着有意识，清醒着呢，应该可以作证。老爷子忽然就成了焦点。所有的目光看他。右边一大群他的儿女们的，是焦灼的、盼望的、期待的；中间是交警的，是公正的、中立的；左边，站着那个年轻人，不久前陪着他聊天，天上地下说了那么多闲事的人。他显得有一点难以取舍。

王越好像忽然抓住了救命稻草，他扑过去抱住老爷子一条胳膊，老叔你说说，究竟我撞了你，还是你撞了我？你不还对我说了吗？不是老人变坏了，是坏人变老了。你跟我说了那么多话，你根本就没有痴呆，你还说——

他被老人的大儿子拉住了。这大儿子个头很高大，他像抓小鸡一样直接把王越从地面上扯了起来。王越有点轻飘飘的，他忽然想到，早晨真要是跟刘远大打起来，自己会不会也会被这样拎起来。那他就丢人丢大了：一个老师被学生拎着，只能说明他王越实在太瘦小了。大儿子的脸色是铁青的，他说小伙子，理要讲，话可不能胡说，我咋听着你有点乱说呢。那个最易冲动的小儿子吼了起来，就是，啥坏人老了，老人坏了，你撞了人就得负责任，不要妄想给自己开脱。也不要诱惑老人帮你说话,他本来就有点——

我爸他痴呆——儿媳妇忽然叫道。对对对,他脑子不好,啥也记不住。问他等于白问。几个女性乱纷纷地嚷,她们容易冲动,冲动起来就不管不顾、自相矛盾了。我就觉得大爷不太对劲嘛,好好地,忽然就撞了上来——王越赶紧插嘴,他也不知道怎么就变得机灵起来了,学会了从对方的话语里抓把柄。

我爸的头被撞了,大脑肯定伤了,他还能记得啥呢?你们看这现场,自行车撞得很猛,是满怀,老人七十多岁了,哪里经得起这么一撞,你娃娃再不要胡搅蛮缠了!你的事儿摊大了!到医院咱做CT,做核磁共振,市医院做不出,就去省附属医院做,有你娃娃哭的时候。

王越不理他们。他在纷乱中极力保持着头脑的清醒。本来他还指望那个大姐夫能说句公道话,现在发现根本指望不上。他只是比他的大舅哥小舅子等人更冷静一些,他对王越这个陌生人没有同情。眼前能指望上的,好像只有老爷子。他跟王越说了那么多话,免费充当了年轻人的人生导师。眼前他看到这个年轻人明显落单,处于劣势,他应该不会眼睁睁看着他的儿女们把年轻人生吞活剥了吧。他应该还会有一点点的良知吧,毕竟这么大岁数了,还能在世上活几年呢,何苦冤枉一个人,把人逼上绝路!

老人睁开眼睛看了看,他的目光分散极了,好像一个即将散瞳的人,在留给世界最后一眼。这目光显得很遥远,好像眼前的所有人他都不认识一样,他一一地辨认,又懒得认清他们的具体面目。最后他看到了王越。王越有点激动地对他点头,他的眼神里全是恳求。只要这老人家点个头,说句话,他就得救了。他下午还有课,高三(1)班的学生等着他回去管理,家里有一套楼房需要他按月还贷,"五一"劳动节他和女友结婚,他不想被拖进一个泥潭里,可能万劫不复。

老头子忽然咳嗽起来。一开始有点干咳,三五声后加剧了,搜心刮肺地咳起来。他边咳边闭上了眼睛。这是王越最后一次看到他的眼睛。救护车终于来了。呼啸声碾碎了王越最后一点希望。他知道该面对的还是要面对,既然他在能逃跑的最后一刻选择了留下,那么就必须面对最坏的结果。

结果不好也不坏,是当今社会交通事故中最常见的那种结果。交警做了调解。一开始老人的子女不接受,要上告。后来接受了,前提是王越做了让步。老人在医院住了一周,该检查的都检查了。没啥大伤,就是吓着了。心脏有点不稳定,后面慢慢又好了。脑部做了CT和脑电图,没有明显病变。这时候王越偷偷松了一口气。人好就没事,一切好说。但家属提出了新的意见,说市医院检查不出大伤,不是老人没受伤，而是市医院设备太差，得去省医科大附属医院查，要么直接送到北京去，"301"、协和、北大医院，反正不敢大意。王越一听头就大了。这哪里是查病，就是要整人呢。

他请了一周假，往医院跑了几次。每次不空手，买了水果、热饭，还买了一套内衣裤。已经撕破了脸闹，他不指望老人能给自己说点有用的。他只是觉得拿点礼物去医院，是做人最起码的下限。疫情期间，没做核酸检测是进不了病房的。他进不去，隔着门把东西递进去，然后在楼下转悠一阵再离开。

第八天上午，老人的子女同意出院，也同意不转院去外地，王越需要赔偿六万块钱，住院期间的医疗费也是王越掏。这六万块有出处，老人的儿子儿媳、女儿女婿，所有人加起来的误工费、辛苦费、陪护费、在医院期间的吃饭水果等费用；还有老人出院后的营养费，和专门雇一个人伺候的费用。王越一开始不能接受，从早晨谈判到下午，几乎轮流和老人的子女们谈了一遍，日落之前他答应了。他让老家的父母亲戚等凑足了钱打过来。第二天老人出院。王越可以不去了。但他去了。他骑着给他闯出大祸的自行车，车筐里装着一包水果，这回他见到了老人。大家都戴着口罩，只有眼睛可以对视。王越望着老人看了看，把水果递了过去，说老叔对不起啊。老人似乎愣住了，不明白这个年轻人究竟是何用意，这会儿还来要求自己松口让步吗？钱不是已经打过来了嘛，现在就算跪下央求他，也已经太迟了。让你受苦了。王越挤出一点笑。他想笑得洒脱一点，但露在外头的眼睛出卖了他，他笑得比哭还难看。

3

日子回到了从前的状态。王越一头扎进高三毕业季的忙碌中。他还是骑那辆自行车上下班，还是每天中午匆匆赶回去做饭。只是每次经过那段弯子路的时候，都要从车上跳下来，推着走；一边走，一边按着铃儿。他特意让校门口修自行车的老汉给他的坐骑配了个铃铛。没有人看得出他的变化。同事们几乎不知道他经历了一场车祸。更没人知道，他原定于"五一"的婚礼取消了，女孩和王越分手了，理由是他拿不出结婚的花销，说好的旅游也要取消。她感到了他的贫穷。分了也挺好的，王越放学后推着自行车慢慢步行经过弯子的时候，觉得女孩是明智的：他这样的穷光蛋，嫁给他至少得受穷七八年将近十年吧。他每次经过这里的时候，头脑里都有一点恍惚，忍不住要回想一下当日的情景。究竟是他撞了老人，还是老人撞了他？都已经时过境迁了，再计较这个还有什么意义？他清楚没意义，却还是管不住自己的心。那就想一想吧，就当回忆往事了，可贵也罢，难忘也罢，六万多块钱买的教训，够惨痛的，不经常拿出来回味回味，还真就太亏了。他已经记不起老人和老人的儿女们都长啥模样，只记得老人躺倒在路上的样子。半跪，半躺，维持了近一个钟头呢，挺吃力的吧。老人愣是坚持了下来，想来他可真是个下得了狠心的人。也是个慈父，为了给儿女们保留一个事发的原始状态，从而争取来一切费用，他可真是够拼的。撞人赔钱，天经地义，可他每回想一次，心里就窝囊一回，觉得怪不是滋味。他教育学生用的那个道理，到了实际情况下，早就变了方向，这就是学堂和社会的差距吧。

这天他照旧推着自行车慢慢走着，没注意啥时候车前头挡了一个人。一朝被蛇咬，十年怕井绳，他吓得腿都软了。一边死死捏刹车，一边往后退，他没撞人，人怎么又出现了？这段路他早有心理阴影了，不敢骑，难道步行也能撞上人？这个人看着面熟，可不就是上次那老头儿。王越下意识地往后退，嘴里喊，哎你你你，老叔你啥意思？咋又出现了你？这回你可赖不了我，我没骑车，我走得这么慢，没有撞人的理！我可录视频留证据了啊！他已经掏出手机。左右看看，没一个人。既然没人做旁证，他只能自救，留证据做个自证。

老人站了一会儿，有一分钟吧，才慢腾腾转过身来。

果然是上次那个老人，连穿着也没变。他给王越笑了一下。王越感觉他的笑容有点假，又想碰瓷吧，碰瓷没成功，才笑得有点尴尬吧。王越在心里冷笑，人不能两次踏进同一条河流，哦不，就算时间已经过去了两个月，地点还是同一个地点，人也是原来的人，自行车也是这一辆，但是吃一堑长一智他王越懂，他现在已经学会了自我保护，再不可能让这个老头儿得逞。他把自行车推到路边上，再试着绕开老头子。人老了就像玻璃做的，撞一下就可能哗啦掉一块。绕开走是对的。王越和老人错身而过的时候，老人忽然说话了，年轻人，你撞我一下吧。王越再次双腿发软，心里说这条路以后不能走了，就算这是回家的必经之路，他还是绕远路吧，惹不起躲得起呢。老人没有追上来，王越走出七八步，确定这是安全距离，这才停步回头看去，老人在原地，发呆呢还是在心里思谋事，不好判断，反正显得呆呆的。他看见王越回头，立刻高兴起来，说你撞我一下吧，就撞一下。口气是恳求的，眼神居然可怜巴巴的。

　　王越愣住了，真怀疑自己的耳朵出了大毛病。他很快就明白出问题的是老人的脑子——如意算盘打得够好啊，我撞你一下子，还就一下，好像是哄孩子吃糖呢，就一颗。好像我不撞一下你能死，活不过今天了，撞一下等于在救命！真是世界之大，无奇不有，如今的老人不是坏了，而是坏到你不敢想象，害我一次不够，还想来第二次！

　　王越用洪亮的嗓门说老叔，你算盘今儿打空了，我不会撞你，我撞不起啊，再撞一次我就连裤衩都脱给你们家了，而且你老人家放心，以后我再不走这条路了，我绕路，希望我们后半辈子都不要有机会再见面。说完他咽了一口口水。这番话说着挺解气的，王越想起两个月前，自己跟条狗一样被这家人蹂躏的情景。造成的经济压力让他喘不过气来，以后好几年都要在这个阴影下煎熬。他没有别的办法还击，今天气气老头子，也算出口气。

　　老头子跨出一步，王越马上做出上车飞快离去的准备，不能傻傻等着老头子赶上来碰瓷。碰瓷这活儿有时候就这么不可理喻，只要人家撞上来，你有错没错都逃不了干系，要不是这口气憋得难受，他都不应该和老头子说这么多话。老头子没追，他站稳了，扬起右手，挥了挥，说你放心，你绕路的话，肯定去那条大路，我会去那里等你。说完还咧开嘴笑了一下，笑容里有一点孩子般的娇憨。

　　王越刹那间知道崩溃两个字的含义了。他第一次发现这个老爷子有些邪恶。像刘远大一样不好对付。上一周他打了刘远大一巴掌，又踢了一脚。刘远大没哭，咧着嘴无声地笑。好像瘦小的王越老师的这点体罚，等于给人高马大的他挠了痒痒。刘远大不可救药了。王越在心里下了结论。他把悲愤的目光投向窗外,教学楼后面有一处在建新楼,打桩机和塔吊把远处的天空戳得破破烂烂。他觉得刘远大这样的学生,以后的人生路基本上可以预定了,就是工地最下面蚂蚁一样忙着打工的那类人。作为老师,王越怎么甘心让学生没有更好的前途?可总是有一些学生像刘远大一样固执,在青春期把固执发挥到极致,和所有期待他们向上的社会力量对抗,包括家长和老师。刘远大几乎能把他年轻的班主任王越给整崩溃。现在这个老头子,也把王越逼出了崩溃感。他居然有围追堵截的意思。你不来这里可以,你会选择另外一条路,那好,我去那里堵你。听听吧,还有这样没道理的事,事情早就过去了,该赔偿的已经赔偿过了,王越付出的是高昂的代价——那六万块,他一个刚工作的教师,还供着一套房子的房贷,要到猴年马月才能挣回来。老人还纠缠不休,除非要这个年轻人的命。

  王越不再骑车上班,他选择打车。坐在出租车里,比自行车美多了,快捷又舒服。只坐了一周,他坐不起了,一天来去四趟,打车费至少四十,他一天工资才一百五。他选择了一次公交,这一路公交少,唯一的一辆中途还要到两个大小区门口绕大半个圈,等摇晃到目的地,王越付出的时间代价是骑车的三倍。这天他又推出自行车骑上,临出门心里想好了绕远路,稍远的那条大路上车流量大,他就不信那老人能在穿梭不休的人流里认出自己并敢精准地撞上来。走着走着，路口分叉的时候，他改了主意，凭什么改道呀，两点之间线段最短，他凭啥要去画半个圆！他蹬得车轮风响，一路疾驰而去，心里想你要是真敢再生事，别怪我不客气。我就干脆一头撞了你，死了我坐牢，伤了我还是坐牢，我没有第二个六万块赔你。

他没看到那个身影。后面持续了一周时间，都没见到老头子，王越紧绷的神经才慢慢松弛下来。这天他甚至有点愉快地和刘远大达成了一项和解，他说自己接受了刘远大在课堂上公然玩手机的行为，但是刘远大也得遵守一个度，玩手机的时候不要出声音，戴着耳机玩。刘远大同意了。那小子就跟谈判桌上胜利的对手一样，眉开眼笑地走了。王越望着他刹那间绽出的笑容，忽然心里一动：每个人的生存方式不一样，这样的孩子也许真不是读书的料，那就让他按自己喜欢的方式去活吧。当然这想法是有些罪恶的。可他已经尽力了。也许人生所谓的成熟，其实就是放弃，一步步后退，把原本坚持的东西松手。松手的过程是痛苦的，松开以后才发现其实没那么可怕。

有一个人坐在马路边上。自行车已经骑过去了，王越也不知道自己的手为啥就拉住了闸。可能是大中午的阳光下，一个孤零零的身影坐在那里，让他不忍心装作看不见。他下了车回头看，是那个老人。这回没扑上来撞，在路边乖乖坐着。这啥情况？守株待兔累了，要歇一歇，还是已经放弃了碰瓷行为？王越想起他带给自己的折磨，没敢逗留，蹬车飞速离去。后面的日子，看到老人成为常有之事。时间总是中午放学后那一阵，他好像在那里等一个人，屁股坐在马路边的水泥板上，两个手搁在膝盖上，贴身打横放着一根拐棍。有一次王越本来想走近看看他究竟咋了，为啥每天坐这里，这里冷清、偏僻，一没有集市，二没有广场舞，为啥要天天坐这里发呆？想碰瓷去人多处呀，随便选一个撞上去都能命中。看到那拐棍他又退缩了，伤疤还没好呢，难道想忘了肉是怎么疼的！说不定拐棍就是一件道具，等你走近了，他忽然抡起来，劈头给你砸几下，你连说理的地儿都找不到。谁叫他是一个七十多岁的老人呢，弄不好给你弄一口欺负老人的黑锅背上试试。小心驶得万年船，王越又退远了，每次装作看不见，把车子蹬得飞快，一溜而过。

4

将刘远大这一届学生送出校门，王越心里空荡荡的，他有点舍不得他们，最令他心里难受的，还是刘远大。他是同学当中哭得最凶的一个，临别时候坚持要拥抱年轻的班主任，扑上来一把抱住，眼泪哗啦啦地流，眼泪鼻涕蹭了王越一脖子。人高马大的人，哭起来像个女人，把王越的心给哭酸了。倒是第一名，王越宠了三年的一个女孩，神情始终淡淡的，好像不怎么在意这三年的师生情谊。反正她能考上最好的大学，前面有更好的老师同学在等着她呢。王越感觉挺受打击的，第一次对学习和品德的关系产生了怀疑。是成正比例吗？不尽然吧。以前他一直想当然地以为是必然成正比例的。他的第一届弟子们给了他丰富多样的答案。他推着自行车回家，忽然很累，年轻的身躯里好像被灌注了一种类似水泥的东西，沉甸甸，往下坠，想找个没人的空间好好睡一觉。一觉醒来，一切全忘了，新的生活从头再来。他一个人走了三年的偏僻道路，看样子要热闹起来了：弯子后面一片空地被圈起来了，简易铁皮围墙里已经开始施工，这里很快就会长起一片高楼。楼起来，人就出现了，有了人，自然不会缺热闹。墙体广告上写着学区房。学区房三个字等于是吸金招牌，这一片会哗啦啦热闹起来。

在那个大弯子前面，王越的自行车停了下来，自行车的前轮距离一双脚有半米，不敢往前了。试探着立定，王越弯下腰看，老人保持着千年不变的姿势坐着，身边放着拐棍。王越警惕着拐棍忽然被抡起来砸向自己。他站了好几分钟，老人没抬头，他的头撑在两只手上，手肘撑在膝盖上。好像他的头重有千斤,是一只大葫芦,他必须这样撑着才能防止它忽然跌落下来。王越有种感觉,这老爷子是坐着睡着了。只有睡着的人,才给人这种奇怪的感觉。大白天的,不回家睡觉,巴巴地坐在马路牙子上午睡,这老头子挺怪的,难道是为了——王越悄悄后退,肯定是为了等着自己撵上来,再撞他一下,不,是被他撵上来撞自己一下。不管谁撞谁,主动还是被动,结果都一样,老人会半跪半躺在马路上,一个电话招来一堆他的儿女,然后去医院,开始赔偿……一个张开的网,一个布好的陷阱,守株待兔者还是这个老人。老奸巨猾!王越心里暗骂。人和车同时后退,这布雷手段也太拙劣了吧,我还真能踏进同一条河流!他想好了,这个暑假去省城同学办的培训班做老师,全天上课,抡圆了干,挣个万儿八千回来,开学买个二手车,只要是四个轮子就成,彻底告别自行车时代。

　　老人的眼睁开了,先有些浑浊,蒙着一层雾翳,望着王越呆了呆,好像他掉进了一个幽暗的梦里爬不出来,王越是一缕光,他终于抓住了,爬出来了。他认出眼前的人来了,瞳孔骤然收缩,雾翳破开,眼底闪出一抹亮光。他笑了,说,你可算来了,我天天都在等你。

　　等我碰瓷?固原城再找不到比我更大的蠢蛋对不对?王越没客气,张口就怼。

老人有点无辜，瞅着王越认真地看，说，你像个好人。王越头顶上恶气嗖嗖冒，心里说果然坏人变老了，都好意思跟我说什么好人恶人。

你认识一个人吗？老人似乎看不懂王越眼里的嘲讽。他沉浸在自己的心事里。

王越没吭声，等着看戏，看这老戏骨究竟咋往下推进剧情。

一个年轻人。他又说道。

年轻人王越把一声冷笑咽进嗓门。他要做个好观众。过早拆台，会影响演员发挥。

他叫个啥我忘了。说完，老人舔了舔嘴唇。天气挺热，他在室外烈日下坐了有小半天了吧，看上去挺辛苦的，嘴唇发白，嘴角起过白沫，又干了，像鳞片一样翘起。他好像老了许多。这才多长时间没见呢——王越皱眉，半年前第一次和他相撞的情景他至今记得，当时的老人还没这么老，没这么瘦，是个有点微胖的老年人，看得出生活不错。这段时间他都经历了什么？为何就迅速苍老了这么多？生活发生了变故？遇到了困难？不管什么样的困难，他赔付的那六万元，都足够一个老人坐吃好几年吧。难道是贪心不足，又来索要敲诈？王越顿时冒出一身冷汗，先回头四面查看，他担心不远处就潜藏着老人的某个子女，在等他上钩，逮住了再勒索一笔。理由现成就有：他把老爷子撞傻了，落下病了，医院没查出来，是因为当时病还没凸显，后面时间一长，后患就源源不断地涌来。所以他们后悔了，需要再追索一笔钱。至于王越能不能拿得出，会不会被逼死，那都不是他们考虑的事。王越越想越怕，扫视了一圈，没发现有人等待。他这才稍微放松下来。

你能帮我找找他吗？老人望着王越说道，眼巴巴地，眼里全是恳求。语气很像一个没长大的孩子。王越有点蒙，老人这又是什么画风？令他有点丈二和尚摸不着头脑了。好像有一点装傻卖萌，又好像完全是真诚的。王越抬头仰望天空，天空又高又远，尤其从低处的绿树缝隙间透过望，绿叶一映衬，天幕蓝得让人怀疑不是真的。蓝色大背景下，只有一朵云，孤零零挂在那里。王越心头有一种难以描述的东西，悠悠地荡漾着。他看看自行车，再看看自己，又看看坐在路边一直保持那个姿势的老爷子——他一直昂起头望着王越，脑袋上扬，扯动脖子，把脖子拉直了，那脖子原来那么瘦，只是一根骨头外头挂着一层枯萎的皮，像一棵早就死去的树干上包裹的干皮。

王越不知道自己的心是什么时候软下去的。等到察觉的时候，他已经和老人并排坐在了马路牙子上。他矮下去，坐到低处，老人的脖子不用那么难受地扯着了。王越平视着他依旧瘦巴巴的脖子，心里叹了一口气。是叹息自己太柔弱吗？竟然因为担心老人会扯断脖子，就这么轻易地放松了警惕。不是应该马上离开吗？这样的坏人，就不能给他任何机会。也许自己在骨子里就不是个能记仇的人，伤疤还没好，就开始忘那灼心的伤痛。坐坐就走，一个懒散又心软的王越，在心里央求另一个王越。两个王越一直在交涉。王越心里说要不先坐坐吧，歇歇也好，这样好的蓝天白云，不看看白白辜负了。明天他就要离开固原去银川了。银川比固原热。固原是避暑胜地，南去几十里就是六盘山，六盘山过去是泾河源头，那里有个凉殿峡，据说是成吉思汗当年避暑的地方。这种说法可信不可信是另外一回事，却能充分说明，固原比北边凉爽温润。只有这固原才能看到这样亲切的蓝与白吧。

老人从王越的举动里感到排斥感有所下降，他的高兴不加掩饰，完全笑出一脸傻，说年轻人，你真是个善娃娃，我一看你的长相就知道你心善。说到这里他不说了，拿目光摩挲王越。王越感觉鼻梁那里痒起来了，他长着个塌鼻子，从鼻梁开始一路塌到鼻尖。鼻梁是支撑门面的柱子，他这根柱子难看，连带着把整张脸影响了。有时候他对着镜子恨这根鼻梁，为啥不能高耸挺拔一点！老头儿是何用意，你夸什么不行，非得对着个长废的鼻子夸，这无异于跟一个满脸麻子的女人说你皮肤干净、白嫩、无瑕。王越抽了抽鼻子,他想表达他的不满。可是,抬头撞到老人的目光,王越心里有一点犹豫,更多的是,不忍心。他居然对这个人不忍心!他苦笑,真是服自己了,一个七尺男儿,怀里揣的是一副柔软得能捏出水来的肠肚。这个特性在他还小的时候就表现出来了。为此老爹揍过,也骂过,担忧他长大了没出息,受人欺负。他现在终于相信老爹的担忧不是多余的——他受了老人的子女们的欺负,现在又在老人身边逗留,世上还有比他更没出息的人吗?

好在明天就走了。两个月的时间不会见到这个老人,再回来他就是有车一族了,哪怕是最便宜的二手货,也能让自己再也不走这条路,也就不会见到这个老人了。既然可能是最后一面,那就给他点面子吧,一起坐坐,看看蓝天,望望白云,看蓝天怎样融化白云,看白云怎么把蓝天擦拭得更纯净。人生不相见,动如参与商嘛。

善人会有善报的。老人盯住王越的眼睛,一脸严肃地告诉他。好像他活了这么大岁数,今天忽然发现了这个道理的正确性,他急需把真理告诉世人。王越苦笑,摇摇头,懒得接话。这个话题他没法接,正是这个老人,狠狠敲诈了他一笔——虽然不是老人亲自完成敲诈,他配合了他的子女是不争的事实。这样一种人,摇身一变,给他讲起善良来了。王越真不知道该怎么评价老人的奇葩言行。

你不信？老人从王越眼里看到了迟疑和不敢苟同。他忽然凑近，眼里射出固执的光，像要把对面的年轻人给穿透一样。你还这么年轻，你得信。他显得很是语重心长——人一辈子的路长得很！说到这儿，又不说了，瞪着王越看。浑浊的眼球，眼白布满了血丝，好像一片白布，沾染了污垢，黑的部分不再是纯黑，显得脏脏的。王越有点感慨，人这一辈子想来也真是漫长，你看看眼前这双眼睛就能知道，幼年时候的纯净、青少年时代的灵动、成年后的睿智饱满，在这眼里再也看不到了，只留下一片含混不清。善是否会有善报，和年轻有什么关系？是因为年轻人还没有来得及经历年老的漫长？没有被一种叫世故的浆层包裹？有一天我也会变成那样的人？王越感觉意识有一点艰涩，瞬息间发生了停滞。在轻微的迷糊深处包裹着一种硬硬的感觉，有一天自己也许会变成这样的人。不，绝不能。只要从现在开始，和那种世故做抵抗，相信会保持年轻的纯粹。他慢慢低下头来，阳光久久抚摸，眼前一片茫茫。他给空茫点头，嗯，我信，这世上总是有人乐意给别人强调一些东西，比如善有善报，他表示信，后面还有呢，恶有恶报，他也信。应该信，只有相信，人才能向着好人的方向要求自己，才能守着不让自己滑向好的对立面。他更信，人这一辈子路长得很。

他给虚空点头。这不代表他原谅了这个老人。没那么容易。毕竟他付出的太沉重。老人看到了他的举动。他忽然抬手拍了王越一巴掌。瘦骨嶙峋的一个人，手劲儿大得出奇，一巴掌拍得王越半个肩膀斜趔。你是个好人！老人几乎是拧着脖子嚷了一嗓子。王越龇牙，要不是近在耳边，他真要怀疑这是真的，这是夸他呢，还是讽刺呢。夸他当时没有逃跑，接受了后面的一切？还是讽刺他傻，老老实实做了个大好人？他没法对老人反唇相讥。与老人近距离相处之后，他看到他只是个老人，比半年前苍老了好多，好像这半年时间在他身上叠加了，成了三年或者更漫长。老年斑把皮肤侵蚀得看不到原本的模样。眼睛好像大了一圈，目光总是颤颤的，渴望稳定，有效聚焦，却总也抖抖的，无法稳定。时不时那目光就涣散了。

他都老成这样了，有啥记恨的？王越听见一个声音在心底里劝他。这声音像他的爷爷，二十年前就离开了人间的一个老头儿，像这个老头儿一样精瘦干巴。爷爷要是被人撞了，是向着外人说话，还是极力为父亲伯父等爷爷的子女争取？记忆里爷爷很厚道，从不与人交恶。受人欺负是常事。爷爷常说吃亏是福。有一回王越和邻居家孩子打架，王越流着鼻血哭回家，吃了一辈子亏的爷爷抓起一根拐棍要去讨个说法。胳膊肘应该往里拐。人都是有私心的。人不为己，天诛地灭。爷爷当时有七十高龄了。那护犊子的劲头儿就是一头牛还扳不回来。最后父亲跟邻居赔下情,说爷爷老糊涂了,事情才算了结。想起这情景,王越禁不住嘴角含笑,是不是人老了,就变得分外护短了。大概,这老人当时的心情跟爷爷差不多吧。他让自己有一点理解老人。当然,这个要做出宽宥的人是另一个王越。还有一个被现实磋磨得千疮百孔的王越,固执地坚守着不退步。凭什么?凭什么原谅一个坏人?哪怕老了,也是变老的坏人。

我会看人的。老人颤抖地瞅着王越,看得可准了。我不会看错的!他的语调忽然压低了,口气故意地装得神秘。王越想起商场门口摆摊算卦的独眼半仙,那半仙就常用这样的口气招徕路人——观面相,测生死,卦象好不好,一看就知道。逛商场的时候王越路过他身边,冷不防被一个低沉的声音追到,吓一跳,还别说,那声音挺有诱惑力的,尤其是那些最近遇事心情不好的人,最有可能收住脚步蹲下去听他云山雾罩、半真半假地推算一番暂时迷茫的命运。联想让王越想笑,这老爷子想做啥?主动碰瓷干不动了,又想从心理上忽悠人?是吗大爷?他朗声笑了,说,那麻烦您给看看,我这个倒霉蛋啥时候能发一笔财?买两块钱中五百万的那种彩票。我好把拜您所赐的那几万块给还了,把房贷清了,再找个贼漂亮贼漂亮的妹子,到固原最贵、最高档的福源酒店办个最豪华的婚礼。

　　老人的嘴脸耷拉下一缕涎水。蓦然撞上这一幕,王越有点吃惊,以为他只是不小心。可眼看那道水亮闪闪地从嘴角越垂越长,像一根丝线一样一直垂到了胸前,他还不擦,歪着眼对王越笑,说娃娃记住了,祸福是相依的,就像阴跟阳,男跟女,黑和白,冷和热……可能还想举例来着,想不起来了,翻着白眼努力想,连瞳孔上都有皱纹,那层膜发黄,起皱,像两片破旧的塑料蒙在眼上。阳光明亮,笼罩在阳光下的他,整个人都显得说不出的陈旧。王越注意到他的脸脏乎乎的,眼角沾着厚厚的眼屎,灰黑色外衣的前襟上有一道一道的脏痕,可能是饭汤,当时擦过,但不彻底,就留下了这种深深浅浅的道道。王越抬手揉揉眼睛,差一点他就没忍住,要动手替他整理一下衣衫,揉搓揉搓那脏痕,拿卫生纸把眼睛嘴角给擦擦。老人不是他的学生,如果是学生他就可以随时拉扯拉扯歪斜的领口,命令其把头发弄好,脸擦干净,还可以批评。这七十多岁的老小子不是他学生。他没权管理人家。才懒得管呢,万一管出啥是非呢,可就说不清楚了。前车之鉴难道还不足以成为血的教训?

　　不过,老人怎么弄成了这副狼狈样?上次呢,好像没这么邋遢吧。王越努力回想,他发现还真没印象了,当时也没多注意老人的穿着打扮,只顾着处理事故本身了,将事故当事人完全给忽略了。记得他好像是个退休干部,儿女们都处在活得不错的阶层,一个个说话有气势,他们众星捧月一样围住了老人,让王越又慌又乱,没心情看清楚老人本人。眼前的老人,应该活得有点落魄,没人照顾,吃喝也不利索了,汤汤水水全往衣服上招呼。人老了,就没有尊严可言,看来在子女众多的退休干部身上也不例外。不是有那么多儿女嘛,一个个显得挺孝顺的,怎么能让老人脏成这样?

没人管啊——老人有些尴尬,挤出一点苍老疲惫的笑。他抬手抹着涎水。太多了,抹得满手背都是。抹一把,往衣襟上蹭一下。他抬起眼看王越。还是年轻好啊,年轻人,腿脚好,牙口好,肠胃好,眼睛好,脑子清楚;不像我,老了,啥都残废了,多余啊,人家嫌弃你,说你脏,嫌你慢,说你麻烦,害怕你死在他家给他们添麻烦。

王越眯起眼睛望太阳。正午阳光正浓。他看见老人的眼睛在流泪。已经没有泪的清澈,像两个干涸的泉口,忽然心血来潮了,涌出一点混浊的水。脏乎乎的,在脏乎乎的皱纹丛里流,蜿蜒着落下来,打在手背上。泪本身就脏,还是脸和手的皱纹弄脏了泪?看着挺稠的,黏糊糊粘在手上。这举动和印象里那个老人一点都不像,王越真怀疑自己看错了人。不过他不觉得脏,也没啥该嫌弃的,爷爷活着的时候也是这样,鼻涕眼泪哈拉子,一天往黑了淌;夜里咳痰,一口一口往枕头边一只碗里吐,王越每天要给爷爷倒痰碗。童年的记忆本来有点模糊,亲眼看到老人的眼泪,他的记忆忽然就复活了。这张可憎的脸,抛开了半年前的那场恩怨,多像曾经的爷爷。这样一个人,还需要恨吗?他嘴上不想暴露自己的脆弱,故意问,你不是那么多儿女嘛,难道没一个愿意要你的?

老人狠狠揩一把脸,真让人担心那脸会被揭下一层皮来。皮当然还在,他扯了一把,忽然结巴起来了,说我,为了让他们,高兴!就巴结,他们!豁出去,这张老脸,不要了!我坑了你!我以为,他们看在钱的面上,要我!几个狗日的,就认钱。只认得钱啊!不认老子,不认老子了!钱,钱,钱一分完,就都溜了。唉,我又成了没人要的,老、老东西!还是钱亲啊——要不是,那那那、几万块钱,都、都肯定,肯定没人,愿意去医院照看、照看我。

一种幸灾乐祸感让王越差点笑了起来。老人应该是有痴呆的前兆,一阵一阵地犯,他自己在极力控制,但有些举止已经不受控制了,脖子和脸都往一个方向歪,嘴角也向同一方向扯,涎水顺着嘴角往出流。话语倒是顺溜,看得出是他准备了好久的,说的时候不用脑子想,直接就溜出口来。说得不连续,按照中学语文的标准去要求,他基本上没什么语法逻辑,像一个瘸子在跳着脚走路,一高一低,高低不定。

王越把听到的叙述进行了整理和脑补，就修补出一个全貌。车祸当时，他为给自己的子女争取利益，坑了王越，索取了数倍赔偿金；出院后钱被儿女们瓜分，他又没人要了，成了孤家寡人。如今这孤家寡人又来路边等他，跟他诉苦了。这又是什么意思？

　　王越望着高远的天看了好一会儿，脑子里好像有糨糊，热烘烘的，被什么在搅拌着。后来他终于相信了，老人在找自己。车祸以后老人后悔了，觉得确实冤枉那个年轻人了，所以后面的日子就在原地等。等到了做什么，道歉，认错，还是把那笔钱还给年轻人？王越轻轻笑笑，都有可能，也都不大有可能吧。也许还会继续追究责任，让他再追加补偿。再或者，只是想看一眼吧，看一眼，心里的愧疚也就放下了，后半辈子也就能心安了。他起身离开了，车轮在柏油路面上摩擦，有一股胶皮味，好像马路和车轮相亲相爱，如胶似漆。老人在身后以什么样的姿态相望，他没有回头看。他觉得这一段过去了，那六万块钱，他会挣回来的，一点一点用血汗去挣。他还这样年轻，有的是时间。

　　暑假结束，再次开学以后，王越又骑着自行车上班了，二手车没有买。培训班挣的钱他还了老人的赔款，当然只是其中的一部分。再有四五个假期吧，他应该就能还完这笔欠款。他有些愉快地路过了那个大弯子。他没有看到那个身影。去了哪儿呢?哪个愿意收留他的子女家,还是某一家养老机构?

从这以后王越都没有看到那个身影。

也许他已经不在人世了。

牛蹄窝纪事

年后一上班白燕就替换一位姓李的同事到牛蹄窝担任扶贫干部。白燕平时爱打扮,下乡前李同事提醒她,牛蹄窝偏僻,条件比较落后,下去的话最好拾掇得简单干练点儿。白燕有些想当然地认为,现在的公路不都村村通了嘛,牛蹄窝能差到哪儿去呢?她脚蹬高跟鞋,披一件大红风衣就跟上第一书记下乡了。

小车跑了四十多分钟就到了。一路也没怎么颠簸。白燕下车时心里暗笑李同事夸张,这牛蹄窝也不咋偏僻嘛,前十年她常下乡,也去过一些偏僻的地方,那才叫真艰苦呢,有些路面陡峭得能把人的肠子从嘴里给颠出来。

下车后先进村部,村干部已经在等着了。也有几个老百姓,可能闲着没事干,远远地站着瞧热闹。

短暂碰头后,大家就各自忙起来了。其他队员早去过各自分包的贫困户，白燕是新换的，所以她得第一时间把自己的五户人家走访一遍。进去先得把扶贫卡换过来，取下前头的旧卡，把写有白燕信息的新卡贴到扶贫信息栏里。

前四户人家都挺顺，人都在家，简单交流后，白燕想办的事都办得差不多了。老百姓早就已经知道这个帮扶他们的单位是个穷单位，带不来啥大的项目，也没多少钱分给扶贫户，来了也是被工作逼的，所以他们的态度也都不远不近：你来了，他们没多激动；你走了，他们也不会十分挽留。

走向第五户人家的时候，白燕才发现李同事没骗自己，她的高跟鞋不适合脚下的路。这是一条从村道分叉，通往另一个山沟沟去的小路。

站在小路口上，带路的杨会计指了指，说，路尽头就是，一户人家，独户。

他收了脚步，犯懒不想走了。

白燕走了两步，差点栽了个跟头。她踉跄着站稳，再仔细打量这段路。是土路，又窄，又陡，初春解冻了，路面的土明显松软，她穿的是锥状细跟鞋，踏上去鞋跟就往土里钻，拔出来带起一层潮土。这种鞋跟，也就靠一个点起主要支撑作用，现在路陡，每一步下去找不到这个可靠的点，像踩在了海绵上。白燕一面在心里后悔，一面偷偷看后面，还好杨会计没有看她走路，蹲在路畔抽烟去了。她一咬牙，弯下腰，一只手抓住路边的衰草，另一只手在路上支撑，像个四蹄动物一样，一步一步往上爬。样子有多狼狈，她不敢想。对于她这种讲究形象的精致女人，她今儿真是被逼急了，豁出去了。其实脱了鞋袜光脚可能会更好一点，可打死她都不愿那么做。

这条路够长的。等她爬到头，出了一身汗，总算够到这户人家的门口了。她直起腰喘气，左右查看，还好还好，四下静悄悄的，还真只有一户人家。大门紧闭着，看不见一个人影。也就是说，她方才像动物一样四肢爬行的狼狈相没人看到。

这就是白燕的第五户扶贫户了。户主是个女的，名叫咸翠花。白燕拍门，没人应声。一推，发现两扇木门被一根铁链子拴着。没上锁，链子套了个圈儿。她能解开，但没解，既然人家挂了链子，说明家里没人，她不能贸然进去。想不到这么不凑巧，看来下次来还得往这儿跑一趟。

大门口立着一把铁锹。白燕拄上它，一步一步返程。有工具辅助，她算是比较顺利地下了坡。但这一趟确实够呛，晚上到了家白燕先泡脚，一边按摩一边吸凉气，脚疼点不要紧，可惜一双新皮鞋了，这一趟后跟被拔松动了，就是在平地上也没法穿了，算是废了。

隔天再下乡的时候，白燕换上了平底鞋。是当下流行的白色小平板,又轻便又显瘦,还有内增高作用。她脚本来小,这一穿越发显得高挑精干,加上她身材一直保持着苗条,五十岁的人了,还显得像个年轻人。

有了充分的准备,白燕就身心轻松,在路上就做好了打算,这次一下去她要直奔最后一家扶贫户,先把基础工作做扎实,后面就顺手了。

车刚到村部门口,听见村里的唐支书在骂人,一边骂,一边往门里走。

村部小院四周是铁围栏,白燕看见围栏外一个人抱着肚子,迈着迟迟疑疑的步子,往前走,走几步,又怕,后退;退几步,畏畏缩缩地观察着不远处的唐支书,见唐支书没回头看,他又胆大了,赶上前几步。这样反复了几次,他靠近了村部大门,手不抱肚子了,抱住了铁大门,"咣咣"地摇,嘴里说,锹锹,你们偷了我家锹锹!

白燕看出来了,那是个不太正常的人,残疾人,是精神上有问题的那种。这种情况在农村是一眼就能看出来的。精神上的残疾人一般分两种,要么不爱穿衣裳,把自己脱得一丝不挂,去人多处裸奔;要么就相反,多多地穿衣裳,有多少穿多少,恨不能把自己捂得风都透不进去。眼前的这个人,是后一种情况。

白燕扫了一眼,就转身走向党员活动室。她还是向杨会计要一下咸翠花家的电话吧,先打电话确认一下再去,万一这阵子她家又没人呢,自己不得又空跑一趟。

大门"咣咣"响,那个人在使劲磕撞。

唐支书火气上来了,把头伸出党员活动室的门,喊,你耍啥疯哩,你个超六子,给你说了,我不知道!没人见过你家的破铁锨,你咋偏就不信哩!再闹我可就不客气了啊!

唐支书本来长着一张黑脸,发起脾气来显得有点骇人。

白燕一看这气氛不适合在室内打电话,就绕过唐支书向门外走。

大门咣地又一声响。这回动静大。唐支书迎着声响跑出去,骂声高了八度,超六子,你不想活了咋地?去,把你妈喊来!她要再不好好拾掇拾掇你,我就取了你的低保!一个超子,天天吃着低保,你还吃上劲儿了你!我把低保一取,你喝风巴屁去!

门口被称为超六子的男子转身就跑,跑出十来步,扭过身看,发现唐支书没有追,他不跑了,又一步一步往回来,倒到铁栏杆上,身子贴着镂空栏杆窥探着,嘴里在嘟嘟囔囔地争辩。他吐字不清楚,加上方言很重,白燕要完全听明白他在说什么是困难的,就听他反复咕哝着锨锨,锨锨,你们偷了我家锨锨——

唐支书忽然吼,还把你个超子没治了啊?杨会计,你给派出所打电话,把这狗日的一铐子给铐了去!

杨会计笑呵呵跑出门,喊,哎哟哟,我说六子啊,你就不要添乱了成吗,我们这里忙得很——你啥丢了?锨锨?我们可都是干部,谁偷你一把铁锨做啥?

白燕心头一亮,想到了前天自己挂着下坡的那把铁锨,当时挂回来顺手就给靠在了村部大门墩子的拐角里。她赶忙跑过去看,铁锨还在那儿。白燕举着铁锨喊,是不是这个?这是我从咸翠花家门口拿的。

这一喊惊动了屋里的人,都跑出来看。杨会计接过去看了看,说还真不是咱村部的锨——六子,这是你家锨,快拿走,再不要泼烦人了!

叫六子的男人犹犹豫豫往前凑,不敢让身子靠近,远远伸出一只手来够铁锨把。

杨会计上了年岁,不跟他耍笑,真把铁锨递给他。

六子一把抓住铁锨把,就往后退,自认为退到了安全的位置,站住了却不走,说,你们偷了我家锨锨,还不认账,要不我家锨锨能自个长腿跑到这达来?

哎,你看这个超子!唐支书被气笑了,笑嘻嘻地骂,还缠得不行!铁锨寻见了你不拿上快走,还要干啥?真想吃派出所的铐子?

白燕知道村干部对百姓都是这么个样子,尤其是对一个头脑不清楚还纠缠不休的残疾人,大骂,凶吼,吓唬,等等,也算情理之中的事。但铁锨是她拿来的,她有义务把情况说明一下,就赶紧站出去,说六子是吧,对不起啊,你家铁锨是我拿的,前儿我穿了高跟鞋,下坡吃力,就拿你家的铁锨用了一下。你看害得你到处找,我给你道歉吧。

唐支书抽一口烟,说,道啥歉嘛,白干部你不要理了,一个超子嘛,你道歉他也听不懂。

六子定在了原地,瞅着白燕看,一对眼睛瞪得圆溜溜的,那看相,只有一个字能形容:馋。馋得好像一个饿昏了头的人,在看一块刚出锅的热馍。

白燕这辈子最恨的就是被男人看。她经受男人目光的检阅和考验,太多太多了。从少女时代就招惹得男生们追着看,长大谈婚论嫁时,更是吸引了不少男人的目光。即便是到了如今,快要变成老太婆的年纪,她的魅力还是残留着,把她放在同龄妇女当中,总是最能吸引异性目光留恋的那一个。就因为她长得好看,到哪儿都会如花朵吸引蜂蝶一样招男人注目。

她和头一个男人的婚姻在打打闹闹中持续了几十年,终于是离了。那男人总是疑心她会给他戴一顶有颜色的帽子,最后发展到了变态的地步:她要是和哪个男人多说几句话,他知道了都会不高兴,就要变着法地闹一场。

可以说白燕这个女人是经历过男人的目光反复淬炼的。百炼成钢，她早就对异性的目光没什么感觉了。年轻那会儿还真是喜欢那种被目光包围、追逐、艳羡、倾慕，总之是众星捧月的感觉，很能满足内心深处的虚荣。现在呢，也算千帆过尽，经历了，跋涉了，个中的滋味也尝尽了，是到了洗尽铅华回归本真的年岁了。她看开了，也就淡然了，再看男人凑上来的各种示好、撩拨、试探，甚至贴上来动手动脚，她不是敬而远之，就是冷冷地躲避。

现实经历早就告诉她一个真理：因为你的外表长相而对你献殷勤的男人，没有几个是真心想和你结婚，对你的一辈子承担责任的。他们只是想偷腥，占一点婚姻之外的便宜，一口半口，吃到嘴里了，转眼就是男人间吹嘘夸耀的谈资；吃不到的，哪怕擦着边儿舔上一舌头，也会把你描述成妖精。反正女人长得好，有时候真不是好事。这话只有真正长得美的女人才有资格说，也只有这样的女人才有机会感受其中的荒谬滋味。

白燕目光平静，神情自然，不慌不忙地接受了这个叫六子的傻男人的注视。她的内心和外表一样平静，她在心里冷冷地笑，天下老鸦一般黑，这世上的男人，果然都是一路货色，就连个傻子也没能例外。

傻子是真傻子。他的臃肿的衣着，明显比别人僵硬固执的表情，乱蓬蓬的比一般人大出半个号的脑袋，都在显示着他的不正常。

他用僵直的目光打量白燕。他不像白燕这辈子遇上过的其他男人。男人们看好看的女人，是从头到脚，从上到下，从左到右，从右到左，从外到里，从里到外，边边角角，明处暗处，他们都敢给你回味一遍。目光看不见的，也能用想象进行补充。他们的目光里有火，有光，有欲望，有藏在暗处的脏。尤其代表女性特征的关键部位，会被反复地重点地摩挲、掂量、咀嚼、回味。总之男人的目光，白燕见识过，领教过。有时候会无所谓，有时候会反感，更多的时候，是保持警惕，保护好自己，不让自己在这些目光里沦陷，以至于万劫不复。

白燕发现眼前叫六子的这个傻男人，他的目光有一点不一样。盯住她看了这一阵，他的目光没有拐弯，一直直勾勾的，像是受了惊吓，被人狠狠地撞了一样，也没有迂回、游离、盘算和更多的难以猜测。他完全以一个傻子的直白看着眼前这个陌生的漂亮女人。

白燕在他的瞳孔里始终是全身的、直立的、外在的。

白燕忽然想笑。傻子也欣赏美，也知道她长得好看，所以也被她的美给惊呆了？

六子，你个超子啊——哪有这么看人家女干部的？你花痴病犯了不是?

唐支书打破了沉默。他不知何时跨出大门,站在了六子身边。

说完他自顾自地哈哈大笑。

同时抬脚踢了六子一脚。

六子捂住屁股后退,看来这一脚踢得重,他疼得龇牙。

六子也是男人嘛。男人见了漂亮女人,多看几眼很正常嘛,说明我们六子不超嘛——第一书记也插进来开玩笑。

说得其他扶贫干部跟上笑。

看得出这个六子他们早就熟识了。

他超?唐支书刚开始有些生气,现在没气了,用戏耍的目光瞅着六子,说,你们不要看他是个超子,这超子可灵着呢,尤其见了好看的女人,他鼻子眼比狗还灵。这不,找铁锹呢,闻着味儿,找上白干部了,他闻得出白干部是资深美女!

白燕站着听,没笑,也没恼,心里当然有点不舒服,她觉得唐支书这话有点过分,挖苦一个傻子,还顺带着给她也来了一刷子。什么意思?美女就美女,还加个修饰限定成分——资深,说白了不就是老吗?虽然五十岁的人了,有时候也自嘲是老太太了,可真要亲耳从别人嘴里听到这个意思,还是叫人觉得生气的。再说那个"闻"字,用在这里明显含有色情意味,可用在一个傻子身上,还算厚道吗?

她对这个唐支书一开始就没有好感,现在感觉更不好了。

六子退远了,但目光还在看白燕,呆呆的。好像白燕是他失散了几十年的亲人,现在忽然重逢了,他不敢相信,他需要一个心理缓冲的过程让自己适应。

哈哈,你们看六子那眼神,确认一下,确认一下,哎,我敢肯定,这是真爱!六子遇上真爱了!这傻男人要开窍了!

是白燕的同事小毛在喊,他也是个爱开玩笑的年轻人。

六子,六子,来,过来,给我们说实话,你是不是看上这个女人了?看上就快说啊,我们给你当媒!这白燕可是专门下来扶贫的干部,专扶你这种没媳妇的光棍汉!

唐支书一边说,一边给六子招手,同时用笑嘻嘻的目光把大家看了一圈儿。那神情里,有不加掩饰的戏谑。

大家都是比六子正常的聪明人,自然没人听不懂唐支书这是在开玩笑。所以聪明人全都很聪明地大笑起来。

六子也跟上笑。别人哈哈笑,他一个人嘿嘿笑。他嘿嘿嘿,嘿嘿嘿,笑的时候,还不停地看着白燕。

白燕没笑。她听见笑声交织,又分开,分成了两层,像扯开的两张皮:聪明人们是一张,傻六子是另一张。

六子,这媳妇你到底要不要啊?看上的话就抓紧,下手慢一点就没了。咱牛蹄窝打光棍的可不止你一个!马明、刘亮、二虎子他们可都排队等着抢白干部哩!

是杨会计,他凑过来笑嘻嘻地说。

我得回家问我妈!

六子忽然蹦出来一句。说完转身就跑,铁锨被他拖在身后,刚跑了几步,锨头磕在路畔的一块石柱子上,咣一声巨响。他踉跄了一下,抓稳铁锨再次跑起来,显得十分仓皇,好像屁股后面有十万大军在追杀。

真是个超六子啊——唐支书和杨会计同时感叹。

大家一起畅怀大笑。

白燕也忍不住笑了。

扶贫生活其实挺枯燥的,入户,摸底,沟通,填表……尤其各种表格,填得人头昏眼花,手腕子发软。在这单调当中,也偶尔会泛起一点轻松的浪花,其中一个就是讲笑话。下乡和回城的路上,大家轮流讲着和村干部、村民打交道的经历或听来的各种好笑的段子。

这天回城的途中,第一书记提起了六子,说白燕你可得小心了,别叫六子给缠上,他可是很难缠的。去年小李答应他春节慰问时多给他一袋面,结果面不够就没能兑现,他就天天来找小李,堵在大门口不走,说小李欠他一袋面,为这点事闹了两个月。超子认死理，脑子不会拐弯，认准的事，非得要个结果。

白燕笑了，说你们胡说啥哩，我这年龄都能当他妈了。

书记醒悟过来一样坏笑，说防患于未然嘛，你可别真在这穷山沟里遇个第二春。

书记年岁比白燕大，白燕也就不好怼他，由着他没高没低地胡开玩笑。

同事小毛跟着凑趣，说，笑话也有现实版。我媳妇他们扶贫的村上，还真有两个光棍跑来找扶贫干部反映情况，说既然公家要从根本上扶他们这个贫，那就帮他们找对象，让他们也过过正常人的日子。女儿亲找不上，二婚也成，只要是个女的，他们就不嫌弃。

这又把一车人惹得哄然大笑。

进入三月份，全市对扶贫工作加大巡查力度，白燕他们不敢懈怠，天天往下跑。为了节省油钱，大家五个人合拼一辆越野小汽车，中午饭就在乡下吃，村部离乡街道远，只能在村部设了个小灶，由白燕给大家做午饭。好在午饭简单，蒸一锅米饭，再炒一个菜就能凑合了。

牛蹄窝产土豆，随便找一户人家，就能买到又大又好的土豆，价钱只是城里的一半。

这天白燕正在炒洋芋菜，身后有脚步响，唰——唰——

唰——脚步是提着气踩出来的,好像来人想靠近,又害怕,在再三的犹豫中,一点一点往前寸。

临时小灶设在村部最边上的小办公室,干部们就在隔壁党员活动室填表,门敞开着,能闻到风送过来的他们吐出的香烟味和时不时响起来的说笑声。

这时候白燕就会有一点恍惚,好像时间发生了奇特的错位,她又回到了一个过去的时间段。隔壁是她的家人们,这村部的大院子是一个大家庭,她是主妇,她在热火朝天地为一家人操持一顿午饭。

乡村的日子,一走进村子就能感受到一种宁静,即便在村部里待着,也能明显感到这儿和城里的不一样。牛蹄窝四面都是山,除了偶尔有农用车或者摩托车开进村来,发出的声响也不是城里的那种噪音。奔奔车蹦蹦蹦响,摩托车鸣一声叫,在寂静的气氛中,竟然有一点好听。打破了全村的静,但不是破坏性的,反而增添了别样的生活气息。

白燕发现用宁静的心态来看待身处的环境,心情会好不少。在城里,在家中,一直压抑的心情,慢慢敞开了一道缝儿,她有一点喜欢上了这样的日子。人真是奇怪,时间要退回去哪怕十年,她都不会有这种感受。她是真正的城里人,以前只要被分配下乡,就愁得不行,到乡里转一圈就匆匆往回跑。她从来没想到过有一天会喜欢上在乡村环境里停留的生活,虽然这只是短暂的。

她用铁锅铲慢慢翻搅切成条状的土豆丝,一面有些享受地聆听着土豆在热油里噼噼啪啪爆响,爆出含着清甜的香味,一面慢慢地抬起头,看身后的门。门口多出来一个人,正一点一点往门口挨,眼巴巴望着她看。

是六子。白燕笑了,六子啊,你咋来了?快进来,我正打算去你家走访哩,你妈好着吗?

说着她把门开大,腾出门口,做出邀请六子进门的姿势。

六子明显被这正式严肃的邀请给吓着了,他这辈子可能都没被人这样认真对待过。

他毫无征兆地嘿嘿一笑,笑声还没断,他松开抓着门框的手,转身就跑。他跑起来真快,像一只受到惊吓的野物,正冒着枪林弹雨往山林里逃窜。

白燕被逗得大笑起来。前半辈子的岁月里,偷看过她的男人,能站满这村部的院子吧,还没有哪一位用过这么有趣的方式。

第二天是周末,在家休息了两天。周一再去上班,白燕计划去一趟咸翠花家。她还没出发,院子里多了一群妇女,是来报名参加家政服务培训的。第一书记喊白燕帮忙登记。这一耽误,今天又去不成咸翠花家了,白燕心里着急。

扶贫小组全由书记指挥，统一听他分配干活，除了这些，另外每个人还得干好各自分包的五户人家。五户人家住哪儿、人口情况、收入、主要产业，等等，都得熟练掌握。她白燕已经掌握了属于自己的五户人家，户主姓名、家庭成员、都干什么——这些情况要记住，还要和真人对上号。更重要的是，得让农户把扶贫干部也认得出，记得住。

万一巡查组来了，抽中了某户人家，就会当场问，你家扶贫干部是谁，叫啥名字，一个月入户几次，和你们同吃同住同劳动了吗？

老百姓有能记住的，有些记不住。尤其个别人，故意刁难，就算你每周都去，在他家炕头上坐了，天也聊了，但他事到临头偏给你装傻，一问三不知，摇头说没记住，没认下，没来过。

这就烂面了！扶贫大会上，领导这么强调。那你的责任就大了，问题就严重了，真要撞到枪口上，谁也救不了你。

白燕想起这些，心头有一点焦灼，她至今跟咸翠花没碰过面，只知道她六十一岁，一个人拉扯着一个傻儿子冯六子，靠几亩地度日。这两年政策好了，娘儿两个吃上了低保，六子还领着残疾人救助，日子凑合着能过，要说脱贫致富，还是有困难的。

表册上登记的和村干部讲的，终究是二手信息，白燕得亲自去看一下，把咸翠花认下，也叫她把自己给认下。

白燕给妇女们登记，一人填一张表，同时她粗略地看几眼，从事家政服务的人员，要符合一些标准，至少要耳聪目明、手脚健全、年龄适合，因为上头说培训后要根据培训效果和受训人员意向，推荐她们进城去上班，给城里人做家政服务。现在家政服务可吃香呢，听说大城市的金牌月嫂一个月的收入能上万呢。城里老年人没儿女照顾，等着雇保姆的大有人在。所以这种培训既是初步普遍的，也是有选拔目的的。

白燕把没成年的小女孩和上了年岁的老妇人，全挡在外头。其余家庭妇女，只要来她就全给报上名。她觉得只要能来就挺好的，至少让她们学学家务咋处理，饭菜咋做，娃娃老人咋照顾，也是有实际意义的。

一个老年女人站到了白燕面前。白燕看看就摇头，说，阿姨，你这个年岁，就不学这些了吧，没啥用处，你看你都是需要儿女来照顾的年龄了。

女人有六十多岁了吧，一双手伸出来，像老铁耙子一样蜷曲着，鬓边露出的头发白了大半。这样的岁数和身体状况，真不适合培训学习了。

妇女不说话，先咧开嘴笑了，伸手抓住白燕的手，老耙子捏得白燕手疼。妇女的笑容有些熟悉，白燕感觉在哪里见过。

白燕正疑惑呢,妇女忽然从身后拽出一个人来,往桌子跟前揉,说,我的六子,硬是把我拉来了,说大队部来了个女子,给他当媳妇儿来了,他叫我这个当妈的来看媳妇儿。他说的就是你?

老婆子嗓门大,说得一大群人都扭头来看这边。

六子被从身后拉扯出来,他居然干净多了,明显是被打扮了一番,以前臃肿的衣裤减少了大半,头发也沾上水梳顺溜了,脸和脖子也明显洗过。

他的神情也跟换了个人一样,垂着头,一副很是害羞不敢看人的样子。但是又实在想看白燕,斜扭着头瞄一眼,又赶紧低下头去。两个手紧紧拽着他妈妈的后衣襟,将他妈妈一个劲儿往前推。

白燕知道这妇女是何人了,她是咸翠花。

你看你看——咸翠花的肚子靠住桌子,粗声大嗓地给白燕笑,你看呀,他把你吃在心里了,这几天睡里梦里的嘴上都挂着你,今儿硬要我亲眼来看上一看。

她还真的盯住白燕上上下下地打量,一副婆婆帮儿子检阅未来媳妇的神情。

白燕哭笑不得。这娘俩还真有意思得很,是有其母必有其子嘛。

看见了白燕眼睛里的迟疑，咸翠花的手松开了，语气里有了一点歉意，白干部，你不要多心，我六子瓜着哩，旁人要笑的话，他就当真了。说完转过身去，六子，跟妈回家，你媳妇儿妈看了，好得很，你看她忙工作哩，咱就不打扰了好吗？

六子还真听话，乖乖由他妈牵着手，娘儿两个挤出人群走了。

妇女们叽叽喳喳笑成一片，都在笑六子娘儿两个。同时有目光来看白燕。

六子看上了一个女人，真成奇事了，这么多年，六子就没看上过谁呀。一个女人笑着嚷嚷。

杨会计抬起头，说六子头不好，眼神毒着哩，就你们这些歪瓜裂枣的，他看得上才怪呢。一个个的就不要惦记六子了，回去把你们各家的男人看好就成了。

女人们嘻嘻哈哈笑成一堆。

看这老厮说的，好像六子成了香料包包了！我们还馋上他了！

一个泼辣开朗的妇女说，说完还冲大家伙挤眉弄眼地笑。

白燕和她们不熟，就不好加入进去，她继续给她们报名。

吃午饭的时候，小李看一眼大门口，说白姐，你的六子，在外头守你哩，还没走。

白燕甩筷子给他额头敲一下，说，少胡说，啥我的六子，人六子啥时节成我的了？

第一书记笑，说，还真别说，那超子真惦记上你了。你看，这大中午的，一直站在那里。饭也不知道回去吃。看来爱情的力量是伟大的。

白燕探头望，村部的铁艺墙外，还真站着个身影。

她噔噔噔跑过去，说六子，六子，进来跟我们一搭吃饭吧，我今儿正好菜炒多了。

六子本来垂着头，听到白燕的声音就抬起头来看，只看了一眼，转身跑了，跑得跟风一样快。

白燕苦笑，还真是个傻子啊，好像人家会吃了他。

第二天白燕去咸翠花家。大门开着，她怕有狗冲出来，先试着拉住两个门环，再探头朝里头喊，有人吗，有人吗？房门没动静，大门口忽然冒出来一个人。白燕吓得心乱跳，忙拉住门环合上门。合上，她又推开，合上的那一刻她看清了，悄没声儿冒出来的，是六子。

你咋跟鬼一样？没声音就出现了？白燕笑着嚷。你一个大男人家，这样子可怪吓人的啊。

六子又变回鼓鼓囊囊的打扮了，昨天脱下的那些衣裳全都穿回到了身上。好像这些都是他的财富，他需要穿戴起来随时给世人炫耀自己的富有。

白燕仔细打量他，已经回春时节了，他穿了毛衫、汗衫、夹克，外头还套个旧羽绒服。腿上不知道套了多少条裤子，两条腿又肥肿又僵直。

难道头脑不灵光的人，不是怕热就是怕冷？还是穿得多更有安全感？

白燕细瞅他的脸，他也正在看白燕，目光对撞上，六子做贼被人逮住了一样，迅速低下头，嘿嘿一笑，转身往屋里跑去，嘴里喊着，妈——妈——我媳妇儿——我媳妇儿来了！

咸翠花出来了，冲六子摇手，去去去，我的瓜儿子，再不敢胡说，人家是城里来的干部，啥你媳妇儿，叫唐支书听着就麻烦了！咱娘儿的低保救济就给你取了。

白燕闪眼打量这个家，土院子，两间房，看来是最早开始危房改造时盖起来的，也仅仅是按照当时的验收标准盖起来了，不像别人家，在这个基础上又做了补充，要么换成棕红色琉璃瓦，接了前檐，或干脆装上玻璃走廊，又透亮又防风遮雨，尘土也进不来，弄出了很大的气派。

眼前这两间房还是最粗的土红瓦，门帘窗帘是最廉价的那种化纤料子。傻儿寡母，日子也只能过到这个分儿上吧。

白燕在心里叹了一口气。

等进了屋,果然一切都很简陋,摆设、被褥、生活用具,都是半旧的,看不出有什么值钱的家当。

咸翠花远比以前走访过的四户人家热情,拉白燕坐在炕边上,倒来一杯水,拉开抽匣翻找,说明明记得还有一撮子茶叶的,这咋就寻不见了呢?是不是六子你偷吃了呀?

六子站在门口,两只手插在口袋里,紧紧抱着肚子,嘿嘿嘿嘿嘿嘿地一个劲儿笑,边笑边躲躲闪闪地拿目光瞄白燕。

白燕赶紧抢过那一杯热水来,说,我不喝茶,从不喝茶的。

咸翠花看着白燕喝白水,她可能还是觉得白水慢待了人,一个劲儿歉笑着。

日子过得咋么个?

白燕端着水,眼睛看着热气上浮,在杯口形成水滴,问咸翠花。

就这么个样子。咸翠花很健谈,拍拍炕沿,说,你也都看着了。前头来过的一个男干部也问过,我咋说哩,我就实话实说,肚子能吃饱,饿不着,要说再有啥奔头儿嘛,没啥奔头了!我命苦,就养了这么一个儿子,还瓜着哩么,二十九岁的人了,还瓜成这个模样子,给说个媳妇,给老冯家生个一儿半女,都是不能了。我啊,只能活着一天,我就好好照看他一天,不叫他饿着,冻着,受罪。我愁的是,有一天这世上没有我了,他咋办?他靠谁哩?那就真的要遭大罪了。这就是我的个墓里愁啊。

白燕跟着唏嘘。这情况确实让人没一点办法。如果只是穷的问题,扶贫组还能给帮点忙,可眼前这现状,好像还真没法帮。家里只有两口人,一个老了,一个残疾,一般来说六十多岁的母亲肯定是要走在儿子前头的,她一走,这瓜儿子还真就无依无靠了。

白燕想了想,想到了精神病医院,还有养老院。真到了那一天,六子可以进这些地方。她还没说出这个主意,六子嘿嘿嘿笑起来了,一边笑,一边迈着小碎步往她跟前凑,两个手并拢,捧着一个玻璃杯子,杯子里满满倒了一杯水,他歪着头,脸上的笑怪怪的,说,喝茶,媳妇儿,喝茶,茶叶,我的茶叶!

白燕一眼就注意到他的两只手又大又脏,玻璃杯子也脏兮兮的,不知道糊了一层什么,看上去油腻腻的。

咸翠花笑了,哎呀,我六子给你泡的茶,他叫你喝茶哩!

她的语气刹那间变得十分欢快,好像一个母亲看到自己的儿子忽然做成了惊天动地的大事,她深为儿子自豪。

茶叶，茶叶，我藏在袜子里，我妈她、她找不到——六子一边念叨，一边热切地笑，白燕这才恍然发现他已经离自己这样近，一对眼睛瞪得圆碌碌的，似乎身体里绷着一股劲，劲使得太大，连眼睛也绷大了一圈，瞳孔里也努着一股劲。水面上浮着一层白沫，白沫里有浅绿色叶子，看来果然是茶叶。

我的个瓜儿呀——咸翠花笑起来。我就说嘛，家里明明还有一点茶叶的嘛，是你藏起来了！白干部你看看，他把茶叶藏起来，去年李干部来了也没往出拿，你来了他才舍得拿出来！我这瓜儿呀，还真把你当媳妇儿了！

媳妇儿，喝茶——六子好像受到了某种鼓舞，手里的杯子再次伸进几寸。他身上有一股味，十分不好闻，直冲鼻子。

白燕趔开两步，又不好太明显，就也笑了，指指桌子上，说我刚喝过了。

喝嘛——喝嘛——六子一边点着头，一边把杯子举高，邀功一样，身子再次靠近。

白燕悄然后退，保持着一步距离。

六子两只手颤抖起来，可能是杯子里刚倒的开水烫手，他捧不住了，忽然就晃了一下，手里的杯子一歪，一股水溅落出来，泼在了白燕胸口。

哎呀——你呀——咸翠花叫,慌忙扑了上来,一把拉开六子,顾不得拿毛巾,直接扎着两只手给白燕擦胸脯。

白燕跳开脚,抖抖胸口衣裳,好在泼的水不多,她只感到一点点热,她不想再多逗留,一边打招呼,一边退出了咸翠花的家门。

她现在穿小白鞋,下陡坡的时候一溜小跑就下去了。

身后咸翠花的大嗓门在喊,前一句是在挽留白燕,后一句已经是在数落她儿子了,东一句西一句的,白燕一个人就乱成一团,听不清个头绪。

扶贫的日子一忙起来就没个头儿,大家每天早晨坐上第一书记的车,到了村上就各种忙碌,有时候填表,不填表的时候就入户,田间地头常去,养殖大棚里也去。白燕的五户人家,她常去四户,慢慢记住了每一户家中的详细情况。即便不看资料,也能说得头头是道。几户人家也都记住了她这个扶贫干部。

只有山后的咸翠花家,白燕再没去过。太远了,她懒得走那一程路,也有点不太想进那个家门。好在咸翠花好说话,有事的话白燕打电话给她,一叫她就跑到村部来了。来了白燕就不会让她空手回,一桶油、一袋面,要么一袋洗衣液、一瓶洗手液,只要身边还有扶贫的物资,就想办法送一点叫她拿上。

别看咸翠花是个妇女，行事为人比一般男人都爽快，心里也明白，给了东西从不张扬，顺手拿上就走，没东西的话也不缠磨，空手离开也高高兴兴的。和这么个女人打交道，其实挺顺心的。后来扶贫结束离开牛蹄窝的时候，白燕才蓦然明白自己有意识地躲着的，不是那个路远又相对贫穷的家，也不是怕咸翠花什么，她是不想见六子，受不了他的傻热情。

农历六月天气热起来，牛蹄窝变得风景怡人。远处山头上退耕还林后的草木完全绿起来，近处的庄稼在拔节，开花的，散叶的，挂果的，各种绿叶和红花，把牛蹄窝打扮得像个青春勃发的俏媳妇儿。

白燕有空儿就坐在村部院子里几棵梨树下，看风吹树上的叶子。梨还小，青果子先藏在叶丛里，长着长着，就藏不住了，只要来一点点风，它们就从叶片下探出头来张望。

白燕喜欢看。看小青梨像孩子的小脸儿，窥探她，她也捕捉它们。如果真有一只梨，因为风大，藏不住，露出了脸，被她的目光逮个正着，她就瞅着它微笑，有一种淡淡的幸福一样的感觉，在心里流动。阳光落在脸上，也落在梨上。她慢慢闭上眼，享受阳光的暖。暖把每一个毛孔给唤醒了，晒酥了，它们张大口吸收着这种暖。暖汇成一股，往心里汇集。胸腔越来越满，心却越来越空。多年以来，她心里一直有个窟窿,是空的,大到没有边沿,只是她平时很少冷静下来去面对。人活着,每一天可干的事其实挺多的,穿衣打扮,做饭洗涮,上班忙工作,下班逛街跳广场舞,只要有意不想让自己闲下来,就闲不下来。只有身子不停地忙碌,心才不会空得难受,才不会去想那些不想面对的事。

牛蹄窝的阳光,究竟是给了她力量,还是像水流一样流进幽深之处,融化了她内心深藏的冰块,加深了她内心的伤感?反正这些年来,她从来没有像此刻一样坦然地大胆地直视过自己的内心。

她其实一直都活得不幸福。虽然长得好看,走到哪儿都能吸引一堆的男人的目光,但真正落实到婚姻当中,落实到一年又一年、一天又一天的家常日子里头,外貌的优势没给她带来多少幸福,相反,加剧了她婚姻和情感的失败。想来真是很有讽刺意味啊。现在的这个丈夫不是原配,是四十五岁的时候走到一起的。孩子拉扯大了,出去工作了,她一个人过得孤单,架不住这个男人的追求,就再次结婚了。她回味几桩婚姻带给她的生活,真是幸福的婚姻都一个样,不幸的婚姻各有各的不幸,连不幸也各有各的滋味。现在把这些不幸摊开晒在阳光下,旧事就发酵起来,发出酸的、苦的、涩的味道。

女人这一辈子啊,究竟怎么样才算是幸福?是男人给了幸福，还是自己活出了幸福？这命题太宏大，她很少往深处想。她是学理科的，这辈子脑子里总是实实在在的数据，可这辈子的几段婚姻和感情，又让她不得不思考理科之外的比较虚无的东西。

真是奇特，多年来在城里忙忙碌碌，从来不知道一个叫牛蹄窝的阳光会晒暖她心里的冰，让她有了泪意。

有声音在墙外响。不大，也不连续。过一会唰唰地响；过一会儿，又唰唰地响。白燕顺着声音慢慢看过去，什么也没有。中午的阳光正烈，把村部的水泥院子晒出一片白光。再往前看，是村部的铁艺墙，黑色镂空花墙上也落着零零散散的阳光。阳光被黑铁吸收了，密密麻麻的镂花空格间，洒进阳光来，黑白相衬，那细碎的光分外亮。村庄一片寂静。人们都在正午的炎热下休息了。

唰——那个声音又响。白燕把目光定在一处，静静等待。有两三分钟吧，一张脸鬼鬼祟祟露了出来。脸的身子躲在一棵松树后面，脸一点点试着往前探，定定地往白燕的方向看。

白燕不动，装作在发呆，眯缝起眼睛，看清楚了，是六子。牛蹄窝的残疾人超六子。

六子总是笑嘻嘻的。白燕印象里见到的总是一张傻笑的脸。现在他没笑，那张脸有些严肃似的，绷着，五官都给拉展了，显出一抹奇异的陌生来。这陌生帮助他纠正了面部一直存在的扭曲——那是一个脑子不正常的人惯有的轻微扭曲。此刻的他显得说不出的庄重，很庄重地望着白燕。

白燕对上了他的目光。村部墙外和院内梨树的距离，有二十几步，对于目光来说这样的距离有些渺远。白燕不能确定六子在看自己呢，还是没看，白燕和各种各样的男人打过交道，从来没和傻子近距离对视过。她不知道傻子在用什么样的目光打量自己，心里又在想些什么。六子的眼珠子不动，对视了好一会儿，他还是不动。那好像不是一个人的眼珠子，而是什么别的动物的瞳孔，它们石化了，生命活力被固定在某一时刻，它们有些悲凉地醒着，在等待什么。

白燕想落泪。不为自己，也不为一个傻子，为一种难以捕捉、难以言说的东西。没有男人用这样的目光注视过自己，从来没有。白燕慢慢闭上眼，将头扭过来，向着太阳。此刻的阳光是有些毒的，含了什么腐蚀性液体一样，泼在脸上，有种火辣辣的灼烫。她这辈子，她这具比一般女人具备魅惑优势的身躯，她这副姣好的五官，真不知道被多少男性的目光注视过，远观，近窥，斜望，偷看。那些各色各样的目光，内涵各异，有单纯的，有复杂的，更有腥汪汪浮着欲望的油花的，但真的从来不曾出现过这样一双眼睛。它们是固执的。固执而表里如一。没有白燕惯见的必有企图，男人对女人的欲望。因为傻，傻到不能和正常人归类，反而成就了这独有的纯粹。他是爱慕白燕的。那注视的目光深处，没有更复杂的东西，只是简单的爱慕，像很小的孩子在深情地注视自己的生身之母。

白燕一点点张开眼，让就要溢出眼皮的水倒灌，重新返回眼眶。她起身，踏着满地阳光走回屋子。

白燕和六子之间有了秘密。这秘密持续了一夏。只要不是周末，天气晴好，不入户、不去田间地头的日子，午饭后白燕会到梨树下坐一会儿，斜靠着树，脸向着阳光，让高处的阳光透过树叶和青梨的间隙，落在她脸上。

伏天日头毒，不怕把美女晒黑了啊——有人跟她开玩笑。

白燕一笑，不怕，晒日头补钙哩，更健康。

白燕晒日头时会看到六子。六子每次都把身子藏在松树背后，头探出来，做贼一样望着这边。

傻子的定力是惊人的。有时候白燕好奇，他应该是蹲着的吧，大热的日头下一蹲半个钟头，他累不累？不会中暑的吧。所以最热的那几天，有一天她没出去，在室内小沙发上眯了会儿；终究不放心，中途偷偷从窗口看，六子还在，还以那样的姿势藏在松树后，头探出来望望，又收回去，又探出来。太远，白燕看不见他的眼，他眼里是什么表情她不知道，可以看得出他很焦灼，好像身上有刺，让他坐卧不宁。他在艰难地扭动着。

已经过了平时晒日头的时长，平时白燕晒一会返回屋，树下的六子也就悄悄离去了。今天他迟迟不走。

白燕懒懒的，不想出去，不想见到六子，也不想让他看到自己。昨夜她跟丈夫吵架了，吵得很激烈。两个人像各自喝了一大碗热腾腾的鸡血，身体深处有了力量，亢奋得不行，冲着对方大吼大叫一番后，才不那么热血沸腾了。

她现在满嘴都是后悔的味道，打个嗝泛上来的也是后悔。不该吵架，不该吵那么凶。半路夫妻，本来关系就脆弱得像一张劣质的卫生纸，不拉不拽也已经千疮百孔，能透风雨，哪里还禁得起这么撕扯揉捏呢？

她不能再离了。有这么个丈夫在，她在大家眼里就是正常女人，没是没非地过日子。一旦离了，各种麻烦就又会找上门来。年龄大了，真没精力面对那些了。

她把心里的气撒在了六子头上。她改变了正午的约定。漫长夏季一直持续下来的约定，就这么被她单方面打破。

她想，就这么终止吧。从此以后，不要再留恋牛蹄窝的阳光。

她在这里的日子毕竟不会太长，生活里的各种烦恼还是得去面对。

她想好了，不能像过去一样，吵架后就冷战，将战线拉成半月甚至长达一月多。她得修复，裂痕多大也得试着去修补。这就是生活，生活的味道，有多少委屈和不甘心，日子过着过着，也就吞咽了，消化了，融入血肉，成为生命组成的那一部分。

是你天天在这儿害人啊？怪不得这树半个身子都斜了——原来是你靠着压的！你个超六子想干啥？天天偷看我们干啥？谋着偷村上的啥东西吗？

唐支书的吵嚷把午休的干部全吵出门，聚到院里看热闹。

唐支书拧着超六子的耳朵，把他扯进门来。

六子龇着牙，斜着半边脸，非哭非笑地趔趄着步子，随着唐支书的步子，他的身子被拖进铁大门来。

说，究竟想偷啥？

唐支书喝问。

六子捂住了耳朵，身子像没装满的面口袋一样出溜在地上，蜷成一团嘿嘿嘿地笑。

是盯上那一树梨儿了吧？还小哩，吃不成！杨会计过来打岔，伸手拉起六子，在他屁股上踢一脚，呵，还不快回去！等着挨打吗！

六子摸摸屁股，脸皱成很小的一团，不甘心一样，想说什么,杨会计两只手搡着,一直把他推出门去。

他两只手扳住铁门,死活不走,嘴里说,媳妇儿,我看我的媳妇儿。

这是我们办公的地方,哪有你媳妇儿?你再胡缠我喊咸翠花来,把你娘儿两个的低保都给取了,一天吃饱了没事干,闲得卵子疼。

唐支书又骂上了。

杨会计赶紧又踢踢六子。

第一书记笑了,说你想叫人家白干部给你当媳妇儿,你就得好好表现嘛,你不能干扰她上班对不对?你这样像个癞皮狗一样,你媳妇可不高兴了啊。

六子松开了手,站直了身子看第一书记。

书记一看有效果了,笑嘻嘻摸摸六子的头,说,看看,你这头发长得跟长毛狗一样,还脏得很!再闻闻你身上,还有臭味!你这样子咋追人家白干部哩?你看她香喷喷、娇滴滴的一个大美人儿,一朵花儿真能插在你这堆牛粪上?

他语重心长起来,说,你得争气啊,把自己给拾掇利索了,像一堆好牛粪了,你再叫人白干部给你当媳妇儿嘛。

六子被绕呆了。他分明不明白什么牛粪啊鲜花啊。他摸摸头,偷偷扫一眼人群里的白燕,压低嗓门问书记,我媳妇儿,真不高兴我来这儿啊?

书记很严肃地点头,太对了,你回家里乖乖坐着去,再不要来骚扰,等她把这贫扶完了,就去你家里,给你当一辈子的媳妇儿,给你填炕做饭,洗衣裳扫家里,还给你妈生个大胖孙子,保证把你超子就美死了。

说完他自己先大笑起来。

惹得大家都笑。

白燕没笑,转身进了屋。

六子不知道嘀咕了一串什么,边嘀咕边扭头走了。

这以后他再没出现过。

入秋后,风高了,吹在脸上很容易就让皮肤缺水,白燕再没去梨树下发过呆。每天都忙忙碌碌的,她也没怎么在意。有一天唐支书自己倒是受不了了,念叨说超六子咋有日子没来了?这倒怪了,以前狗日的可是天天泡在村部门口,要救济,要低保,卖傻相,凑热闹,打不走,骂不走,这一回咋不见他人影子了!

杨会计说对啊,两三个月了吧,没见他来。白干部,你包咸翠花家,他家啥动向?

白燕不好接话,因为她这段时间也没联系过那对母子。其他四户人家没少去,只有咸翠花家路远,又偏僻,娘儿两个既然不来找麻烦,她也就偷懒了。

白燕打通咸翠花的手机。她还没来得及问,咸翠花抢在前头说，多谢你啊白干部。

白燕一头雾水，这咋还反过来谢上了？不会是在说反话吧，讥讽她这段时间偷懒没去人家里走动？

咸翠花快人快语，笑呵呵地，说，白干部啊，你对我六子好，我心里有数哩，你有时间来我家里吃饭吧。玉米饱了，趁着鲜，我煮棒子给你吃。你不知道，这几个月可把我憋坏了，我说想去看看你，可我六子死活不叫我去。他不去，我也不能去，他说我娘儿两个好好在家里过日子，不要去村部丢人现眼，主要是不要给你丢人。你说，我的瓜儿子这不是开窍了吗？

白燕慢慢回想咸翠花的话，断断续续想了一个下午。明白了是那天第一书记的话起了作用。六子当真了。他不仅戒了常来村部卖呆的老习惯，连咸翠花也不让来了。他还真有意思。一个正常人这么做的话，倒没什么问题；可是他一个傻子，他咋就有决心这么要求他自己了。他是不是并没有傻透，还是有一点头脑的。不管咋说，这都是好事。一个傻子常来人多处晃悠，总归不是好事。尤其上头来检查的时候，就怕这种人忽然冒出来闹腾一下子，谁的脸上都不好看，唐支书最烦的就是这个。她算是帮他们彻底解决了这个问题。

白燕觉得心烦。好好地想这些做啥？一个傻子的事，能拿来让自己心烦意乱吗？她不想了。

每天有填不完的表，开不完的大会小会，又跟进一个惠民项目的落实，来来去去奔走在城市和牛蹄窝之间，分心的事够多的，她很快就把六子和咸翠花母子给忘了。就连第一书记也很少拿那个傻子来开白燕的玩笑了。

年终总结大会上领导宣读了明年的扶贫安排，翻过年他们单位还包牛蹄窝，白燕被换掉了，替她的是另外一个男同事。白燕的日子又恢复成了单纯的上班，下班，再上班，再下班。从这以后她再没去过牛蹄窝。

老蔫别传

1

拜秀芸到葫芦镇犯下的头一个错误,就是当着半院子同事的面问了老蔫一个问题。

蔫叔,你真姓蔫啊?百家姓里头真有这么个姓?

干部们刚下乡回来,在山头上督促老百姓种经果林,被山风吹了一天,一个个成了土贼,回来顾不上梳洗,从车肚子里钻出来直接围在灶房门口等开饭。晚饭丰盛,一股炖羊肉的香飘满了镇政府大院,不用问,做饭师傅给煮羊羔肉呢。好饭不怕等,被这样醇厚绵长的肉香味一熏,半院子的干部职工似乎都醉了,懒醺醺的,不着急催饭吃,就想搜腾个笑话出来让大家乐呵乐呵。

拜秀芸这等于给瞌睡的人们脖子下支了个枕头,大家都咧着嘴哈哈笑,拿尘土飞扬的目光把一个人罩住,全看他的反应。拜秀芸再傻,这时候也感到了不对劲,扑腾着一对毛茸茸的大眼。看看这个，望望那个，委屈得嘴巴吊起来了，小声辩解，你们不都叫他老鹝嘛，难道不姓鹝？

王会计拍着他自己的膝盖，说姓鹝儿，他当然姓鹝儿了，他不姓鹝儿，谁还敢姓鹝儿！

谁都听得出来，这话里话外，都已经被他给添加了佐料。

拜秀芸也听出来了。只是她仗着年轻，青春无敌，再加上长得漂亮，就更加无畏无惧，干脆充愣装傻，说，就是嘛，我明明听到你们都喊他老鹝！你是老王，自然姓王；他老刘，肯定姓刘；还有老马，谁都知道他姓马；那老鹝还能不姓鹝？

后来拜秀芸自然会明白过来，王会计给鹝后头加的那个"儿"，就一个字，但是加得不简单，可以说别有用心，甚至居心不良。这巧妙利用了本地的方言土语，加个儿，老鹝就不是老鹝了：谁喊一声老鹝儿，老鹝就等于成了那人的儿子，鹝鹝的一个儿子，还是最小的那个儿子。王会计在镇政府院里是老资格，书记、镇长后面就数他牛气了，但老鹝给他当儿，还是不合适，年龄差距太大了，得大着十几岁吧。而且从面相上看，就是两辈人，老鹝显老，一张脸写满了沧桑，王会计是白面书生，加上爱打扮，总是拾掇得溜光水滑。这么一个人，喊老鹝儿，占便宜的成分太明显，有欺负人的味道。

被这样当众欺负,那个受欺负的老蔫,他居然一点都不恼,也咧着嘴跟着大家乐。他本来长一张大嘴,这么一咧,嘴大得触目惊心,好像脸的下半部分突然被划开了一个大口子,口子里红的白的都要喷涌而出。他笑起来和大家不一样,别人都是嘻嘻哈哈,哗里哗啦,嘿嘿嘿,嗨嗨嗨,反正能笑出声音,笑神经被有意识地操控,笑器官被拉扯又挤压,鸣奏出不同的笑声。欢快的,沉重的,直爽的,委婉的,收敛的,放肆的,嘲弄的,同情的……在山头上被风吹了一天的疲劳,似乎被笑声的浪潮席卷,消散,跑得没了踪影,最后只剩下快乐。建立在他人受凌辱的基础上的快乐,似乎这快乐就翻倍了。老蔫是唯一一个笑而没有声音的人。嘴大咧,脸的下半部分的棱角就模糊了,下巴和鼻子都陷在一团肉里,眼睛和眉毛不愿意被肉团淹没,极力逃脱,向上挣扎,眼睛笑成了弯月,眉毛是更细的弯月,一张大肉团脸就这样被分割占领。所以他的笑容其实不快乐,倒像是很痛苦。嘴一张一合,好像他溺水了,就要死亡,要呼救,却发不出声音。

大概是捕捉到了这个与众不同的表情,注意到了有笑容没笑声的差异,拜秀芸不笑了。她悄然收了笑,拿冷峻的目光打量在场的每一个同事,都在笑,都快乐无比,都愚蠢自私，好像一群快乐的傻子。

老蔫有名有姓，姓李，叫李济民。根据干部们之间常用的称呼，至少大家该把李济民喊为老李。但没有一个人喊，全部喊老蔫。一茬一茬的干部都这么喊，以至于每次分配工作的会议上，书记和镇长念到李济民的时候，目光都要在全场扫一圈，试图把名字和本尊对上号。当然对号有困难，领导如果较真，会特意让李济民站起来。老蔫就在一阵窸窸窣窣的低笑声里慢悠悠站起来，跟一个被从泥土里强行拔出来的萝卜一样，带着一脸的懵懂，好像他刚从梦里醒来，还不明白眼前发生了什么事。领导瞅瞅最边角上站起来的那个人，多半会扑哧一声笑了，也有不笑的，将眼睛瞪大一圈，忍着怒火，看着这个有些迷瞪劲儿的捣乱者。当然最后还是会知道这个人确实是李济民，也没有跟领导捣乱。下了会场，路过老蔫身边，领导会认真瞅他几眼，说，明明姓李嘛，咋就喊成老蔫儿了！

拜秀芸犯的错误和领导一个性质。区别在于领导犯错没人敢起哄，轮到拜秀芸这里，大家乐翻了天。所以那个快乐的傍晚，应该给镇政府大院里的很多人留下了印象。之所以这么快乐，一方面是因为老蔫被戏弄了——他常被人这样戏弄，为何独独这次的快乐翻了倍？这就牵扯到另一个方面，这次戏弄老蔫的始作俑者，或者说搅动一池静水的那根棒子,不是一般人,是一个刚离开纯净的校园,走上社会大染缸的年轻美貌少女。拜秀芸当然需要很久时间才能意识到,她第一次出现在同事们面前时,有十好几个男同事的眼珠子差点爆出眼眶碎在地上,包括几个已经五十来岁的老杆子。在乡镇混的日子长了,男人们变得十分好色,好像这毛病是会传染的,一传十,十传百,好多男的都有过带色的故事。

吃惯嘴的狐狸比狼利索。那时候乡镇女干部稀缺,三两年里头分配来一个,不是长得丑,就是已经结婚了肚子里怀着娃娃,要么只打个转身应个卯就离开了,借调上县或者请假回家生娃去了。总之既漂亮又能久留的,少之又少。拜秀芸的漂亮谁都看得见,她还是个单身,她来了有一段时间了,住在镇政府大院的平房里,暂时不见有调走的迹象。这就成了一块诱人的肉,色香味俱全地摆在眼前,男人们有了蠢蠢动嘴的心,想咬上一口的不在少数。

但凡这种事的开端,十件里头八件和玩笑有关。说笑起哄间,言语、眼风、心意、为人品性,有了揣摩和勾连。所以拜秀芸在场的说笑,只要和拜秀芸有关的说笑,男人们很尽力:捧场的,斗嘴的,怂恿的,挑逗的,各有各的手段。于是拜秀芸一句"老蔫姓蔫吗?"才引起了半院子的起哄。

2

拜秀芸在葫芦镇犯的又一个错误，是她对老蔫产生了好奇。时间一长，还把这份好奇发展成了好感，等拜秀芸自己察觉出来的时候，她已经对老蔫心心念念了。

刚开始的时候只是同情。她很快就发现一个有趣的反应链，只要她当众跟老蔫说一句话，就会引起一串反应。当然不是老蔫，老蔫往往来不及做出反应，就有男同事们替他反应。他们附和，喊，叫，笑，起哄，拿老蔫开涮。把老蔫推到风口浪尖上，抬高，又抛落，再抬高，再抛落，一遍遍闹，一阵阵笑。

老蔫从来都不急，不恼，不发火，也不争辩。别人都是拿老蔫寻乐子，老蔫是拿自己寻乐子；别人消遣老蔫，老蔫自己消遣自己。这样的老蔫就分外地显得与众不同，他显得窝囊的同时，身上何尝没有一种脱俗的豁达？别人以为他软弱，好欺负，其实拜秀芸看出来了，他并不全是那样，他是厚道、宽容，能把别人的无伤大雅的调侃转换为一种真正的云淡风轻，就当没发生吧，或者就当牺牲自己的一点小利益吧，只要能让大伙儿畅怀一笑就好。其实他还真没牺牲什么，笑过了，他还是他，大家还是大家，谁身上也没少一块肉，谁身上也没多一块肉。

可能一起厮混的年头久了，彼此熟悉了，这个小环境里就有了一股惯性，是一种强大而恶劣的惯性，那就是人人都好占便宜。饭桌上多吃一碗，出差坐公车时候抢坐较好的车，同一车内抢坐较好的座位，哪怕是言语间多侵犯他人一句，也是能让大家开怀的。尤其饭前饭后在镇政府小院里闲聊的时候，拿彼此开玩笑成为一道常有的风景。老鸹的胖成为一个百用不坏的玩笑把柄。

老鸹，咋又大了？啥时节生出来？

没有产门，只能剖宫了。

叫兽医站光头主刀。

谁都知道，光头其实头不光，因为姓蒋，还因为爱吹嘘自己是蒋介石本家，才得这个外号。

老鸹，上秤得二百斤了吧，一斤九元，那也能卖个两千左右。

大家一起哈哈笑。

等拜秀芸弄清楚玩笑里藏的猫腻，她简直愤怒，因为光头兽医常年只给牲口接生，而一斤九元的，是大肉。他们这分明是不把老鸹当人论。

可气的是，老鸹不生气，嘴岔子咧到了耳根，笑得无声无息，好像他一会儿怀孕下崽，一会儿被剁了论斤卖，都是好事。

拜秀芸哀其不幸，又怒其不争。不知道为什么，偏偏就有了一种冲动，要为老蔫打抱不平。这不平是她一个小女子该打的？小女子没想那么多，也想不了那么多。小女子还没有被世故生活浸泡和腌制，还保留着年轻人的血性和正义感，更有一抹天真。她还真就去敲老蔫的屋门，老蔫开门挺迟缓的，敲好半天就是不见来开。拜秀芸心里说又不是女人躲起来坐月子，开个门要这么久？门缓缓开了，门里露出老蔫的脸，迟迟疑疑的，好像有一点不太欢喜。

拜秀芸粗枝大叶，没察觉老蔫的不悦。她迎头就说，以后你得还嘴，谁都不是瓜子！也不是面人！凭啥给他们捏扁搓圆？拜秀芸急慌慌的。她其实也怕自己不趁着胸口憋起来的一口气在那里撑，她会胆怯后退的。把话抛出去，反倒轻松了，结果如何，是老蔫的事，她能做的她做了，后面的怎么做由老蔫做主。老蔫揉揉眼窝，好像没睡醒，吃惊地瞅着面前的女侠。女侠亭亭玉立，看似漫不经心之下其实难掩心里的忐忑。老蔫目光里划过一抹亮。姑娘长得好看。还有她对他护犊子的模样，好像她就是他的那个谁。老蔫咽了一口唾沫，咽完了，又把脖子扯了扯。他脖子短，肥厚，只单独看脖子，像一截肥硕的藕，刚从淤泥里挖出来，泥还没擦，圆润饱满的一段。

拜秀芸想笑。老蔫的脖子真粗，戳一指头，能冒出肥腻的汁液吧。怎么就不锻炼减肥呢？这话拜秀芸不能说出口，又不是太熟的人，当面提人家缺点不合适。她来只想解决一个问题，提醒老鹫反抗，再不能任由那些无聊的人欺负。拜秀芸很认真地看老鹫的眼睛，期待看到他的觉醒。

老鹫脸上的亮色转瞬即逝，他像一头睡狮，甩了甩头。他不想醒，眼睛眯了眯，脖子往身体里缩下去，带笑容的脸往前伸，身子却向后缩去，说，小拜啊，哦哦，你还有事吗？没有的话——身子缩进门里，一只手扳着门把手，随时要关门。

拜秀芸当然是识趣的，知道自己热脸贴了老鹫的冷屁股。她有点失望，挤出一个没心没肺的笑给他，表示自己没别的意思，就是看不惯那些人的做派。她走开了。门在身后关上。走出老远，拜秀芸还回头瞧，白木门和门框及墙体衔接得很好，有天衣无缝的感觉。好像那里压根没有门，门也从来不曾开过。真是个老鹫，这么不识趣儿啊，怪道别人那么放肆，看他这态度，难道就没有他自己纵容默许的因素？拜秀芸越走越有气，高跟鞋在砖地上脆脆地敲了一路。心里狠狠地下着决心，再不理老鹫了。既然烂泥糊不上墙，她没必要再费劲。

3

等冷静下来后,拜秀芸心里多出来另外一个拜秀芸。后者对前者开始了说教。老蔫嘛,就那么个人,对谁都温不吞吞的,又不是对你一个人不热情。也许他还没睡醒,正迷糊呢,等清醒过来,肯定会感激的。先不要急着给老蔫判刑并执行枪决,还是留点以观后效的机会吧。肉身的拜秀芸,被精神的拜秀芸说软了心,算了算了,她不计较了还不成嘛。老蔫嘛,就那个熊样。他要是不那个熊样,她也许还得吃惊,不能立刻接受呢。

拜秀芸第二次主动找老蔫,怀里抱着半个西瓜。西瓜刚上市,挺贵呢。拜秀芸买一个,劈下一大半抱着来敲老蔫的门,措辞她想好了,买多了,一个人吃不完,看老蔫还没到盛夏呢就流汗,吃点凉快凉快。镇政府的单人小宿舍,一样的白色木门,门严丝合缝关着,一片蓝色窗帘把窗口遮得严严实实,不知道底细的人不会料到里头有人。拜秀芸也算是熟悉老蔫了,知道他在里头,他几乎不回家,常住宿舍,又不是周末,他也不会出去,所以他铁定在。敲了一阵门,瓜重,拜秀芸换一下胳膊,再敲。门就开了,露出一张带着微微不悦的脸,似乎他刚从梦里惊醒。拜秀芸这会察觉到了他的情绪,她深感抱歉,抱着瓜后退。老蔫却接了瓜,笑了,小拜给我送瓜？哎呀，瓜贵着哩！你说你太费心了！

这一笑，他就又是那个被众人调侃时候和善慈祥的老蔫了。脖子里的肉拥下来一圈，把脖子原本的棱角给淹没了。拜秀芸心里长出来一只手，想摸摸那些软乎乎、松晃晃的肉。好一段还没洗泥的鲜藕。拜秀芸心有点儿跳，她确定自己喜欢上这个人了。从上次跑来为他打抱不平的时候就开始了吧，不，也许更要早，从什么时候，还真说不清了。也许是看到他在人群里被人欺负，一点都不生气反而和善地微笑的时候就开始了。反正他走进她心里来了。等她察觉，已经赶不走了。

喜欢一个人，连他的短处也能包容，也跟着喜欢。比如眼前这段短又粗的脖子，至少不讨厌呀。拜秀芸把爱屋及乌四个字在心里摆弄，老蔫是屋？一座矮胖陈旧、松松垮垮的老屋——她想笑。就算是老屋，她也想在这屋檐下避雨躲风，甚至做屋子的主人。

老蔫接过瓜，身子往后退，要关门了，见拜秀芸在原地不动，他愣住了，似乎才记起来这样没有礼貌。他为自己的失礼谦笑，哦，啊呵呵，多谢小拜，多谢小拜，你看我这人邋遢，屋里脏，不好意思请你进来坐，抱歉得很，真是抱歉得很！要不你这样好吗，改天我把房间打扫了，再请你来？

拜秀芸岂能听不出老蔫口气里的敷衍？她心里当然是失

望的,脸上在笑,笑得温婉、可人,一副一切以别人方便为先的贴心。笑容挺美,老蔫撞上了,傻了一下。

看老蔫有一瞬间的失神。拜秀芸心里暗喜。世人都爱美,世上的男人不爱漂亮的女人,没天理。老蔫没能例外。只要他走神,说明他入心了,入心就好。这世上的男女之事,只要心动了,就有希望了。拜秀芸面偷偷地红,心扑通扑通跳,真要能和老蔫走到一起,日子肯定很舒畅。老蔫的老婆、孩子,像阴影一样在眼前闪了一下,她就给忽略过去了,只要她和老蔫在一起,别的都可以忽略不计。就算那女人早二十年和老蔫走到一起,老蔫半辈子的精力也都消耗在了她身上,那又如何?他们的日子还不是过得不好,老蔫四季不回家就是最好的说明,说明家里不温暖嘛,压根就没有吸引力。连男人都留不住的女人,拜秀芸认为对自己构不成多大的威胁。

拜秀芸心情大好,不能进老蔫的屋,也没关系,慢慢来吧,心急还吃不了热豆腐呢,总得给登堂入室留个过渡时段吧。她的目光透过老蔫,也已经瞄见了,那屋里确实脏乱。拜秀芸心里真痒痒,要能放她进去,她会从上到下、从里到外都给他拾掇一遍,直到整理出一个清洁、整齐、香喷喷的屋子。可惜为时尚早,她和老蔫还没到那程度。

从这以后拜秀芸隔三岔五给老蔫送吃喝,每次都说不小心买多了,一个人吃不完,坏了可惜,请老蔫帮忙。老蔫倒是来者不拒,每次都含笑收下,忙不迭地说多谢,每次都道歉不能请小拜进屋坐。拜秀芸极力不让自己的失望流露出来。她总是装得大大咧咧的,给老蔫摆摆手,就走开了。

4

小拜对老蔫的心思,镇政府院里的人都看出来了。不知道心里是什么想法,面上一个个欢欢喜喜的,因为等饭时间段里又有新的话题做笑料了。具体就是对老蔫的玩笑开得更过分、更露骨了,对拜秀芸倒是不敢公开说啥。因为小拜现在也不是新来的小年轻了,在这院里晃了两三年,也有资历了。事实证明这几年小拜行得端,走得正,不是那种随便什么人都能逗搭上的女子。

老蔫还是老样子,一副任由雨打风吹,我自岿然不动的嘴脸。这很让男同胞们开胃,大家也都对老蔫更喜欢了,三五凑堆儿喝酒喜欢喊上他,下馆子也顺带着喊他,打牌下棋更少不了老蔫。拜秀芸注意到了,老蔫抽的烟每天都不一样,属于到谁跟前就能蹭到烟的那种人;就算蹭不到,他也会抢,会偷——挨近一个同事就从人家兜里摸烟,临走从桌上顺走的事常有。遭劫的人也不真计较,笑呵呵骂一句老蔫这老叫驴，尽在别人槽头抢料喂肚子。"

老蔫总是很抠。蹭吃蹭喝多少年，从没见他主动请谁的客。小拜送这送那这几年，也从没收到他的任何回赠。小拜看到大院里的人都从不认真跟老蔫较真儿，至多喝大了借着酒劲儿拍拍他肥硕的脑袋，笑着骂他是妻管严，钱财都上交老婆大人了，自己活得像个孙子。老蔫不生气，嘿嘿地笑，好像他很乐意做孙子。酒摊子是男人的空间，小拜是正派女人，没机会看到老蔫喝醉被嘲讽的样子。不过老蔫的抠门儿全院皆知。他那个人，不嫖不赌，抽烟喝酒也总是能蹭就蹭，蹭不到的情况下也是一个人闷声吃独食，这样一个人，有什么大花销呢？所以工资都哪儿去了？也不见他怎么打扮自己，一件牛仔裤都洗白了，一件夹克外套袖子上到处是烟灰溅落烧出的小窟窿。一双皮鞋据说穿了三年了，鞋头被脚趾头顶起面包一样的大包。而且冬夏都是那双皮鞋，真不知道酷暑时候他的脚咋受得了的。

大家一致推断，老蔫是个怕老婆的。奇怪的是，从来没有人拿这个事开玩笑。拜秀芸冷眼旁观，发现同事们啥玩笑都开，就是不提老蔫的老婆。老蔫难道没老婆？离了，还是不在人世了？拜秀芸觉得都是理想状态，反正只要老蔫没老婆，就有她小拜的容身之所，也不用当第三者，造破坏人家家庭的孽。

小拜是姑娘家，喜欢老蔫的事全院子人都知道了，小拜还是没勇气说破这个事。这种事该老蔫主动的。他都是过来人了，难道还害羞？老蔫永远都是蔫不唧儿的，小拜送东西他收，别人开他和小拜的玩笑，他跟着大家傻乐；到了私底下，他还是他，跟小拜还是保持同事的距离，从不邀请小拜进他宿舍，从不请小拜哪怕吃个路边摊，好像他永远都缺钱。

小拜等了四年，等不住了，开始和别人谈对象。有人替老蔫惋惜，骂他是榆木脑袋，不开窍。多好的一口嫩肉，在嘴边晃了多少来回，你就是不知道张嘴；这下好了，煮熟的鸭子嘟儿一声飞了，还是七尺男儿吗？老蔫嘿嘿笑，乐得脖子里的淤肉和肚子上的赘肉一起颤，好像大家说的是另外一个八竿子打不着的人，跟他老蔫没一丝关系。

小拜结婚后碰到了一个进入老蔫宿舍的机会。单位盖了办公大楼，干部们抢着往楼上搬，房少人多，竞争激烈。老蔫远远站在平房区看热闹，别人问他咋想的，他嘿嘿一笑，说咱一个老杆子，搬不搬的，没啥不一样。同事说楼房多好，亮堂，还安全，门一锁，不用担心有人翻窗子。老蔫不为所动，说咱又不是美女，还怕有人惦记？别人都搬了，剩下老蔫和做饭的厨师两个人住平房。楼房里都配了新桌椅，原来平房里的旧桌椅成了没人要的老古董。老蔫看中了王会计用过的两张桌子，那桌子包了铁皮边，锁子也多。两个年轻人帮忙抬桌子的时候，拜秀芸跟进了老蔫的屋。果然很乱，墙是灰的，白灰被烟雾熏黄了，老蔫的烟瘾真大啊。小拜心里有点忧伤，他和她终究没成，真要成了，她会照顾他，督促他戒烟戒酒，把他的生活打理出男人该有的模样。

两张床并在一起，真不知道一个老蔫睡这么大一个拼凑的铺做什么。床上被褥胡乱堆着，一张巨大厚粗布床单铺着床，四个边角垂下来很长，直接耷拉在地上。砖地脏，床单四周都黑了。墙角有两张旧桌子。床上堆着被褥，桌子上放满了文具、书本和空烟盒、空酒瓶。小拜冷眼看了一圈，没有出手帮忙整理。落花有意，流水无情，她不想再招惹老蔫，也不想再委屈自己。老蔫要那么两张桌子做啥呢？大家吃饭时候拿老蔫说笑。那里头王会计锁过账本，工资打卡之前，大家每月的工资领回来都锁在里头。那柜子又笨又结实，老蔫一下子要了两个，准备做啥用？

老蔫嘿嘿一笑，不做回答。

大家鱼儿逐食一样活跃，纷纷猜测老蔫用柜子做啥用场。锁金条呗。惹起一阵笑。谁有金条锁，也轮不到老蔫，他穷成那个样儿，不要说金条银条，铜条也置办不起吧。有人说那柜子挺大的，里头能藏一个人，万一老婆半夜打上门来，相好儿钻柜子里头比啥都安全。

大家信口胡扯，其实心里都知道原因，老蔫爱占小便宜呗，弄进屋里先用着，万一哪天公家淘汰不要，不就彻底归了他？每年分的过冬炭，他都能省下来拉回家去用。就有人见到他顺带给车厢里塞了别人扔掉的破旧家具。前几年鸟枪换炮的时候，很多人淘汰摩托买小车，老蔫做了啥？旧摩托人家不会送他，交废铁也能换几个钱呢；老蔫专门要人家的头盔，一度他宿舍窗台外摆了一排颜色各异的头盔。

老蔫虱子多了不痒，任由你们猜测去，他就是一副爱占便宜的嘴脸，占个小便宜能有啥罪，又不偷又不抢的，他坦然得很。大家笑谈一阵这一页也就揭过去了。

5

小拜怀胎九月就要临盆的一个傍晚，老蔫忽然来敲门。看到老蔫的那一刻，小拜有点轻微的眩晕，她两个手扶住门框，眼底悄然发紧，这个油腻的中年大叔，她究竟是没能走进他的生活，这件事对她还是造成了伤害。这两年她见了他绕着走，人群集体调侃他的时候，她也绕着走。好久没仔细打量他了，好像憔悴了。怎么可能？上周还听饭大师抱怨呢，说老蔫每顿饭都要吃蒜，一吃一大头，新蒜贵得很，老蔫这样吃，要将镇上的财政吃垮了。逗得干部们哗啦啦笑。

老蔫跟着嘿嘿乐，说今儿不多吃一骨碌，对不住我镇的财政收入。拜秀芸匆匆扫了一眼，瞅见老蔫额头明晃晃的，覆满了油汗。

这样一个能吃能喝、没忧没愁的胖子，会憔悴？拜秀芸心里忽然涌起一抹恨意，就不想像过去那么温柔和婉地对待这个人了，抚一把圆鼓鼓的大肚子，问，你来啥事？老蔫侧身站着，这晚的霞光是大红的，有一束光透过楼道玻璃照进来，老蔫的脸红灿灿的，好像他刚上了一层舞台妆，油彩抹得又浓又重。他倒是很坦然，说，给我五分钟时间，说完我就走。

拜秀芸没让他进屋，两个人在楼道的暖气片前站着。这样两个人之间就没有了鬼祟的嫌疑——其实从来都没有过，不是吗？拜秀芸心酸的同时，对这个男人的恨意深了一层。可怜之人必有可恨之处，别看他平时总受欺负，其实细想，谁又真正伤害得了他呢，他蔫蔫的处世方式里，何尝没有一种智慧？大智若愚，大概就是如此吧。

热水在暖气管里响。老蔫迈上前半步，可能觉得不合适，又退回去，说，小拜，时间紧，就长话短说了啊。我最近心慌得很，万一哪天有个意外，有个事得托付给你。

拜秀芸赶紧摆手，蔫叔你不要说要话，我现在胎心不稳，最怕惊吓。

老蔫的目光闪了一下,拜秀芸忽然觉得有一点悲伤。这个男人她爱慕过,他从来没有主动找过她;既然来了,可能真的有什么事。她又点头,说吧,只要我能做到。

老蔫的手忽然就抓住了拜秀芸的手。这回拜秀芸真吓坏了,这楼道可是公共空间,老蔫要作死吗?手心一凉,有东西塞了进来。老蔫脸上笑,语速却快,这是房门和柜子钥匙。我是说万一,万一哪天我不在了,你把它们交给我儿子。

拜秀芸觉得这个傍晚真魔幻。好好地,有人跑来托付身后事,算托孤吗?她又不是辅政大臣,居然被选中了。

她仔细看钥匙,脏兮兮的一串,在半截油腻的棉绳上挂着。老蔫真俭省,连个正经的钥匙链也舍不得买。真不知道他每个月几千块工资都花哪儿去了。

记着,钥匙给我儿子,他叫李增,背过人给,千万不要叫我老婆知道。

他终于提到了老婆。拜秀芸咽了一口唾沫,后味有点苦。

还有这个,一个小玩意儿,给你的孩子吧。

拜秀芸看到钥匙当中有个浅绿色的挂饰,圆片儿,雕刻过,有个小洞里穿了根细绳。圆片儿有些陈旧,绳子脏兮兮的。

拜秀芸下意识地觉得脏。真不知道这人从哪里弄来这么个塑料片儿,还这么郑重其事地相送,是回赠自己曾经爱慕他的情义,还是答谢她送过的那么多好吃好喝?

拜秀芸在心里叹了口气。他就这么个蔫人,小气出了名,你能指望他送你白金项链、黄金戒指?你又不是他老婆。

她把钥匙和圆片儿塞进孕妇外套的大口袋里,拍了拍,示意他放心,她记下了。

老蔫忽然鞠了一个躬,等腰抬起来,就转身走了。

拜秀芸哭笑不得,这老蔫,唱的哪一出?还真看不明白他了。

拜秀芸十天后住院生娃,然后回老家坐月子。产假休到一半,同事群里办公室主任发消息说李济民走了,明天送葬,有愿意去的,明早九点在镇政府院里集合。

老蔫啊?

第一个人惊呼。

老蔫啊!

第二个惊呼。

更多的人冒出来了,从最初的问号,到后面连续的感叹号,大家用互相询证的方式,让产妇拜秀芸知道老蔫已死的事实,还有过程。过程其实很简单,昨夜几个人去烧烤摊喝酒，都喝大了，然后摇摇晃晃往回走。走着走着，老蔫的身子晃起来，像一口袋装得过饱的面粉，口袋底儿尖，他立足不稳，晃了两三下吧，就一头栽倒了。等两个醉眼蒙眬的同事打电话喊来人，老蔫已经没了呼吸。医院的结论是突发脑出血。

拜秀芸听说老蔫的家人要来搬他宿舍的东西，就提前结束产假赶到单位。老蔫家来了两个人：一个女人眼泡肿得明晃晃的，一看就是哭多了造成的；一个小伙子，高个儿，眉眼依稀有点像老蔫，他不爱笑，显得沉默寡言的。镇政府办公室主任和秘书小王带他们去老蔫宿舍，门锁着，大家就讨论，既然老蔫人都走了，钥匙也不知道哪儿去了，只能撬锁开门了。拜秀芸跟在他们身后看，悄悄问主任，这真是老蔫的家人？

她的意思是儿子看着好像是小老蔫，女人呢，是老婆吗？好像老蔫和她没什么感情吧，不然就不会很少回家了，也从来不提老婆，而且大家都说她把老蔫的工资管得死死的；再加上老蔫那天忽然留下的话，拜秀芸就有点疑惑了：真是老蔫老婆吗？人都走了两周了，她还在坚持哭，还能哭得这样伤心，说明什么？她舍不得啊，她悲痛啊，她想念啊——这样的话，不就说明她和老蔫的关系，不挺好吗？并不像大家传闻和调侃的那样。那老蔫临走为什么又那么说？

主任拿不可思议的眼神瞅一下拜秀芸，没说话。拜秀芸心里有点虚，好像自己做了啥见不得人的事。她赶紧靠后。门开了，一股味儿扑面而来。所有人往后退。等里外空气稍微有了点对流，那女人先踏进去。她又开始哭了，一边哗啦哗啦拾掇东西，一边呜呜地哭。那儿子不搭手，冷静地站着，看墙上的灰毛尘，看砖地上的烟屁股和空酒瓶子。他好像想要从眼前的环境里开始重新认识他的父亲。

拜秀芸一直在犹豫，要不要把钥匙交给他们。门已经被打开了，那么其余的钥匙，应该是开那几张桌子上的锁的，尤其带铁皮的会计柜，那上头确实挂了好多把锁。她找不到和老蔫儿子说话的机会。那个女人一直都在，拜秀芸不敢贸然行动。一来老蔫交代过，不要让他老婆知道（她是不是老蔫的老婆，还不能确定）；二来拜秀芸有点害怕，她怕万一那女人一把拧住自己，质问她是谁，她和老蔫啥关系，老蔫凭啥把钥匙留给她，老蔫的死是不是和她有关系，那就坏了，跳进黄河也洗不清了。她恋慕老蔫的事儿镇政府干部都知道，万一有好事的给这女人透一丝儿风，这女人闹起来怎么收场？

钥匙在拜秀芸包里，她悄悄伸手进去摸了摸，往深处藏了一下。她没胆量冒这个险。

因为宿舍里有几张桌子是公家财产，主任就不急于离开,看着这两个人清点属于老蔫的私人用品。床看来是老蔫的,女人把床单揭了一把,露出下面的铺盖,用床单做包袱,将所有细软往里头扔,看来最后只需要打一个大包背起来走就可以。谁让这床单这么大呢?床单一揭,露出被遮盖的床沿。拜秀芸看到床底下摆了一些奇怪的容器。

老蔫儿子试着往外搬,是几个陶罐子;再搬,是几件瓷器;继续搬,有青铜器、铁器、灰灰的瓦片、带釉的断砖。等把床底下清空,居然摆了好大一堆。拜秀芸早傻眼了。都是古董呀!主任惊呼。蹲下去仔细查看每一样东西。拜秀芸不懂这些,主任是文化中心转过来的,前面县博物馆征集文物的时候,他负责葫芦镇的征集,有这方面的见识。他看着看着,脸色变了,说不可能啊,这不可能啊,这咋可能哩!这都是老蔫收藏的?老蔫啊,你够深沉啊,你穷得屁打脚后跟,竟然背着我们藏下了这么多金贵东西。这可都是好东西,古董哇,你说这咋可能!

拜秀芸的手再次摸钥匙,目光定格在那几个包铁柜上,一个预感在心头盘旋。床底下都是大件,难道柜子里……他们果然开始关注柜子。女人一边摸索柜子边角的铁,一边哭泣,说,他爸啊,你走得早,你把我们母子撇下了。老蔫儿子拿工具撬锁。锁其实都不牢,铁棍子别进去,一抬,一压,啪嗒,锁子跳了。拜秀芸看傻了,原来这样不经撬啊,怪不得王会计要淘汰。人家都用密码锁了。柜子打开了。拜秀芸心里被人狠狠地攥了一把,有点疼。她暗暗地说,老蔫你不要怪我,不是我不主动交钥匙,这阵势你也看到了,我没法主动啊。好在你儿子在场,看情形,你儿子和你老婆关系是融洽的,就算你留下巨款,他们也会商量着分割。

柜子里的东西都是小件儿,居然有半柜子,光麻钱就垒满了一个鞋盒子。主任已经被挤在外围,什么都阻挡不了他的好奇,踮着脚喊,秦半两呀,了不得!西夏钱币!那个,是康熙年间的!还有那个,我都没见过呀!

一对母子开始装东西。年轻人从车里拿来一摞子塑料袋,装一袋子拎回车里,再装一袋子。车门不敢一直开,放一次就锁一回。那女人不再哭,红肿着两只眼睛往袋子里搂东西。

拜秀芸明白过来了,原来这老蔫表面看着是最没风格的一个人,其实背地里一直在偷偷倒腾古董,多年下来居然积攒了这么多,没有几十年是做不到的。他居然是个古董收藏者!拜秀芸仔细回想认识他以来的点点滴滴,除了被人调侃的时候没出息地嘿嘿笑,就是饭后胖胖的身子在院子里慢走。开会的时候他会打瞌睡。据说早年进村拉育龄妇女做结扎的时候,他躲在所有人背后,远远地看,不敢往上扑。除了这些,人们居然想不起来老蔫还有什么举动。他好像一个影子，每天在你面前机械地晃悠，他一览无余，平凡到没人对他有兴趣。他从来不曾说过和古董有关系的话呀。他都是什么时间去收集倒腾这些的？怪不得他那么穷，原来工资都买古董了呀。拜秀芸心里五味杂陈，真不知道该怎么看待这个老蔫。

老蔫的老婆和儿子搜腾了所有柜子，连四面墙体和地面的砖头也敲击了一遍，确定没有暗格机关，这才起身告辞。被褥枕头、旧衣服、办公桌上的笔墨纸张，他们都没拿，看样子要急于回去整理那些意外出现的东西。

主任送走了人，回头又进了老蔫的房间，把空着的柜子、拉开的床底，又一一看了一遍。他说老蔫你个老东西啊，你不厚道！又说孙红雷的《潜伏》精彩了个啥，你个老东西才是深度潜伏哩。你这些年可真行啊，你把我们所有人都给骗了！

拜秀芸第一次发现主任原来这样苍老，脚步邋遢，背影佝偻，他丢了魂一样地踉跄着步子走了。

6

一个月后，市公安局的人来案发现场做调查。作为重要证人，拜秀芸也被通知到了现场。现场就是老蔫的宿舍。

这时候拜秀芸觉得不能再瞒了，她把那串钥匙交了出来，把老鹝出事前那次莫名其妙的托付也一字不漏地回忆出来，包括那个碧绿色小挂饰。主任看了挂饰，惊呼说是玉佩，汉代的，这可是好东西，能卖五位数。

拜秀芸被五位数吓了一跳，没勇气细想究竟能卖几万。反正不属于自己的东西，惦记也是白搭。但是她有点感念老鹝了，能把这么值钱的东西送给自己，这是老鹝终究喜欢上她最后给她的一个纪念，还是为了托付的东西押上的一注赌资？人死如灯灭，如今想问也没法追问了。

有两个人被带到现场来了，一个是老鹝的儿子，另一个是老鹝的老婆。很快拜秀芸就知道这儿子是假的，老鹝的老婆倒是真的，不过是前老婆。而老鹝的真儿子，在乡下老家种地呢，他是个天生的聋哑人。前老婆和假儿子合伙拿走了老鹝的收藏，在分割阶段出现了不同意见，从争吵不休到最后厮打起来，前老婆不是对手，一气之下把假儿子告上了法庭。

葫芦镇政府的干部们又多了饭前茶后的谈资，那就是讨论老鹝。一遍又一遍，不厌其烦。每个人都有感慨，每个人都喜欢从自己进入镇政府认识老鹝的时候说起。渐渐地，老鹝分裂出了两个形象：一个是老实憨厚、好占便宜的窝囊废老鹝，另一个是深藏不露：潜伏在大家身边几十年如一日地偷偷做着收藏的老莴。

等到后面再有年轻人被分进镇政府，他们听到的老莴已经不是一个油腻肥胖、沉默寡言、抠搜吝啬的人，他高大英俊、知识渊博、眼光毒辣，平时在镇政府上班，跟大伙儿一起吃喝打牌，一有空儿就跑出去看古玩，低价收，高价出。进进出出，几十年下来，他的收藏量之、大价值之高早就算得上本地第一人。要不是脑出血发作过早离世，他能活着亲自出手所有的收藏，肯定会成为这一带最有钱的人。

年关

几个身影经过的时候，李梦梅刚按了开机键，一边等电脑启动，一边坐着看玻璃杯里的干菊花瓣被纯净水唤醒。这是个璀璨的过程，充满了绚烂的美。菊叫黄金菊，小袋包装，每次取一袋就够，其实一袋里头也就一朵，没有多余的。黄金菊在现实里开花的时候什么样，李梦梅没机会看到，只是看它在水里由干枯到松软，膨胀，裂开，舒展，到完全还原出一朵盛开的花，这景象就挺让人心动的，太美了。

那几个人过去了。不是本单位的，不是隔壁单位的，更不是楼下保安室的，也不是保洁人员。仅凭眼风那么扫了一下，李梦梅就能知道他们是生人。他们的脚步节奏不对，跟这里上班的不一样。来上班的脚步一般是放松的、沉稳的、疲沓的，缓缓地抬起，缓缓地落下，就算偶有急事也会匆忙，但也不是这种感觉。那是另外的感觉。那感觉，不是在这座楼里上班的人，轻易是不会有的。那是一个工作日又一个工作日，重复叠加积攒出来的；是眼睛看不见，只能凭感觉去领悟的。肉食者，古代百姓这样统称吃皇粮的人。现代叫公职人员。那种感觉，只有肉食者的腿脚才能踩踏得出。不紧不慢，不慌不忙，有章程，有定力，踏着点来，踩着点去，来去之间就是一天。单位需要这样的感觉。慌慌张张，脚跟不稳，气息凌乱，节奏错乱，这样的风气都不符合单位。单位有单位的氛围，这氛围是严格、肃穆、刻板、安静。就算没有人强调，只要进了楼里，上楼的人，不自觉地就会把自己调整到一个与单位相匹配的状态。时间长了，连一楼门卫和各楼层的保洁，也都养出了和大楼氛围一致的步调。正式公职人员自不必说，门卫和保洁们，走在这大楼里，一个个变得安静、沉默，干着自己分内的事，绝少发出多余的声音。

那几个人不是。他们的脚步里有这个群体之外的气息。匆促，惶急，慌张，愤慨。多种气氛混杂后，发酵出一股别样的味道。李梦梅捕捉到了那个味道，她有一点好奇，会是啥人呢，一大早的。

菊花绽开，每一瓣都黄灿灿的，围绕着花的心散摆开，却不脱落，与活着挂在花枝上的时候一个样子。李梦梅吹吹水,把水面吹得起了皱纹,花瓣怕疼一样躲闪着。隔着玻璃看,它硕大、丰润,吃饱了水分,水灵灵的。李梦梅喝一口,还有些烫,慢慢地下咽,开始敲电脑,干活儿。每天的工作差不多一样,重复又重复,开机,喝茶,写材料,改材料,交领导修改,再打印,下班时间到了,关机,锁门离开。时间长了,这些动作形成了机械性,往往都不用动脑子,人会被习惯牵着走。今天有点不一样。楼道里传来人语声。开始还是平常调门,很快就高起来,有吵闹的意味。她知道那个不一样在哪里,就是那几个几分钟前走过去的人发出。他们先是在陈述什么。渐渐地,声音里有了急迫。李梦梅再喝一口水。除了纯净水惯有的那种被过滤后的绵软,还有菊花的清甜。她啪啪啪敲着键盘,要给领导写一个会议讲话稿。先将大框架拉出来,再根据有关会议的要求和领导交代的意图,往里头填充具体内容。他们的声音高了不少。一个男人的嗓门尤其清晰洪亮,他说都欠了三年了,眼看要四个年头了!他又说找公司没用啊,人老板让我们来找你们的。另外一个声音接着说你们好歹给看着解决一下啊,我们都等着过年呢,钱拿不到,这年都没法过啊。还有个低沉点的嗓门,说就算材料费不能结,那就把人工费给结了,我们好给大家发工资!都指着这点钱办年货呢。还有两个人也在说。大家七嘴八舌,声音很快变得凌乱,听不清具体谁都说的啥。

　　李梦梅想起身把办公室的门给关上,将吵闹屏蔽到外头去。心里下了两次决心,屁股却沉,懒得起来。她只想赶紧把活儿干下去,刚感觉干顺了,怕起来一打岔,把思维给扰乱了。只能一边干活儿,一边接受外头的喧闹。就当是一种背景声音吧。她啪啪啪敲着键盘,自从电脑逐步代替纸质化办公以来,上班族每天的工作就是瞅电脑,电脑成了一个控制所有人的东西。被电脑天长日久控制的人,比如这楼上上班的同事们,一个个日渐变得有了电脑的气息。上班望着电脑傻傻看,下班的脚步迟缓沉重,好像人下班了,脑子还没下,身体的很多地方都还没有下,在一种模糊的黏稠的气息里沉溺着,不能自拔,也不愿意让自己获得拯救。要说乐趣,也有的。就是一边干工作,一边忙里偷闲浏览购物网页,什么唯品会、天猫、淘宝、京东、拼多多,李梦梅都上,其实也不为买什么,就是翻来覆去看,顺便消磨时间,似乎这样也算消遣,让写材料的脑子稍微休息休息。

　　她刚点开一件羽绒服,外头声音大起来了,变成了争吵。四五个声音搅和在一起,你争我抢地说着。用的都是本地方言。这里的方言跟陕甘话差不多,平时语速就快,一着急争辩起来就更快了。李梦梅满耳朵就听得"地板砖""墙面砖""老板""一八年""要过年了"这些词句。凌乱而急迫，交织着，碰撞着。看来是一伙上访的，可能遇到了难题，赶在年关之前要求解决。可他们走错地方了。李梦梅转换页面，不看羽绒服，看讲话稿。这篇讲话稿要在一个新春活动上用，所以满篇都是新春快乐、新年吉祥、阖家团圆、万事如意等喜庆的词儿。她需要理出一个层次，根据层次做层层递进，把这些吉祥话都安排进去。这是领导的意思。上访的话，来这里没用，应该去信访办。信访办设在另一栋楼上。门口双保安守卫，要登记才能进去。这栋楼不设防，他们大踏步就进来了。可他们真的走错了地方。有啥问题呢，不能过了年再说吗？年关逼近，满街都挂起了红灯笼，单位大楼门口也将巨大的红灯笼升起来了。

争吵声逐渐地激昂、热烈起来，高起一波，又高起一波。来人中有人把陈述升格为辩论、争吵。你们得管！你们不管谁管？都是踢皮球，我们跑了几年了，年年都是一样的话！我们也要过年哪！就指着这点工钱回家过年！

应该是有人出来接待了他们，一个沉稳的声音也开始说起来了。他说这个我们也没法管，承包给了公司，你们找公司老板要钱。你们把程序弄错了，没哈数了，乱来呢，我们都不认识你们。李梦梅一听就知道这个声音是这座楼上的人。他的语调有这座楼上的气息。他不慌不忙，但是有一点教训人的意思，给人感觉他随时都可能发脾气，把这些来访的纠缠者给轰走。他应该是一个小领导,办公室主任或者单位的副职。正职一般不会用这种口气。正职的口气一般都是和蔼的、平心静气的,有着正职常见的涵养。主任或者副职就不一样,他们有时候是有着一些高高在上的气息的。尤其在平头百姓面前,他们会变脸,会骂人,会叫你滚蛋。在正职的君子风度和一般工作人员的谨小慎微之间,他们起着衔接作用,承上启下。隔壁是另外一个单位。自从限制办公场所面积以来,这楼上多出来几个单位,是从另外的地方搬来的。李梦梅的单位和他们很少有来往,至多见面点个头。出面接待来访的是哪位副职或者主任,她对不上号,也懒得去对,和她没关系。她的任务是赶紧写完这个材料。中午按时回家,把儿子从小区外的英语培训班接回来,一家人一起做饭吃饭。

　　争吵声高了一个音阶,不知道是什么力量给拔上去的。来人有些激愤,纷纷地辩论。接待的副职或者主任的调门也高了起来,双方吵起来了。李梅梦起身去给自己续水。水在水房里,净水机自动过滤并烧开。端着水往回走,她看了看不远处。果然是隔壁单位。四五个人吧,围在一个办公室门口,还有三四个公职人员,他们在交涉。她现在知道这不是上访的,是要账的,就针对隔壁单位要,所以不算走错地方。这就好。只要找对了门,也就不至于白跑冤枉路了。那些上访者经常绕着这些大楼转圈，找不到有效的对接路径。尤其那些又老又穷又残疾的人，要找到信访办肯定比常人艰难。这世上人找人，找的一方一开始注定要辛苦一些。

没人劝架。争吵声交织在一起。李梦梅想把自己的门关上，反锁住，就和外界成了两个世界。任他们吵到天翻地覆，和她没有关系。她写完了发言稿，用电子邮件发给领导。领导今天不在单位，只能用邮件送达。然后又给领导发微信，提醒他收看。完成一件事，她要歇歇，看看唯品会今天新上了哪些品牌。选中了一件衣服，收藏，又看看天猫旗舰店里的同牌同款，对比价格。如果差价不大，她是一种心情：懒洋洋的，没什么波澜，也不会下单，好像比较的目的就是为了比较，比较的过程也是一种目的；如果有差距，还比较大，她就兴奋了：飞快地心算出一个差价，然后回味着这个数目，好像她在这里头占到了什么便宜。可又不踏实，又打开，放大，看图片，看吊牌，看面料成分，看买家秀留言，看评分，然后再执着地找不一样。找到了，就高兴一下，好像又从这里头占到了一个便宜；真要找不到，就收藏，下单，收件人信息等填完了，到了付款这一步，又犹豫了，忽然就质疑号码大不大，款式适合不适合自己的身材，是不是自己已经买过同款的？又返回去细看产品……时间就是在这些无厘头的翻阅中消耗的，乐趣也是在这样的重复中获得的。什么样的乐趣？说不清楚，看不见，捉不住，但确实占据了她，内心、情绪、时间、精力，都被填充了。等关机下班的时候，又会蓦然发现，那些填充不知何时都消失了，人依旧是空的、劳累的。这就是网购的危害，也是网络的危害。它让人变得不像人了，像一个依附着机器苟延残喘、半死不活的废物。

要是有人劝劝可能会好一些。李梦梅独自嘀咕。她去吗？不去。不能去。大楼上不是菜市场，也不是乡村。在李梦梅小时候的记忆里，乡村世界常常有口舌之争，吵起来以后就会有人劝架。现如今的人没有劝架的习惯了，菜市场、十字路口、广场上，真有人冲突起来，有看热闹的、拍照拍视频的、打110报警的，反正都是鲁迅作品里的看客，"好白相来希呀"，就是没有劝架的。现在的人，早就在习焉不察中练就了视而不见的本事。这种本事的前身是冷漠。只要涉事者不是自己和自己的亲朋，那就能高高挂起，心安理得地旁观。李梦梅的思绪模糊而零散，发言稿把她写累了，一朵黄金菊喝了三泡，颜色淡了，形体也开始松散。再有一个小时就可以下班。午饭吃什么呢？这是每天都要考验自己的难题。如今真是怪了，吃饭成为一件作难的事，要面临抉择，米还是面，煎炸炒蒸还是炖和煮？她要先一步想好具体内容，才能一进家门就全力投入操作起来。儿子也怪得很，好像吃饭是一件多么痛苦的事，每天的同一时间都折磨他。为了让臭小子多吃点，吃得香一点，李梦真是没少费心思。

没人劝。楼道里的争吵持续了一阵。像打太极，在一个可控制的范围里兜圈子，你推，我挡，你进，我退，进进退退，来来往往。副职或者说主任这一方添了两三个人，在帮腔，你一言我一语地。李梦梅发现了一个有趣的现象。双方的声音是有区别的，尤其是声音里的气势。她不用出去看，甚至不用细听争吵的内容，只是感受那个气势，就能区分这是哪一方的人。本楼的这一方，低沉、迟缓，柔和，生气也是控制在一定范围里的，尽量不让逾越。追债那一方，有些激动、毛躁、冒失，显得很冲动，忽然一脚踩高了，忽然一脚又踏低了，就那么跌跌撞撞地进行着。李梦梅发现这几个追债的男人都不怎么擅长说道，其中两个吧，基本上沉默着，很少说话，有一个大嗓门在发言，看来是公推的代表，他在争论，反反复复就一句，我们也要过年，我们也要过年，我们也要过年。李梦梅竖起耳朵发了一会愣，哪怕只是一句话，重复次数多了也挺累的，他们应该喝点水。没人请他们喝水。我们也要过年。那个男人又在强调，好像有人骑在年的门槛上拦挡住了，不让他们去迈那个门槛；像一个头脑固执的孩子，在跟大人争论一件事，还没学会辩解的本事，只能靠一句话做武器。是这个讨债群体人才极度匮乏，实在找不出更有口才的人呢，还是站在欠债人面前，不由得先自己软了，想不起更有力的说辞？

李梦梅点开一件毛呢大衣，手指操作着鼠标，目光反复看那件毛呢，百分百羊毛，成分标注上这样写。她看上了款式，想买；又有点犹豫，万一不是纯毛呢？她点开客服界面，进去聊天。你确定是羊毛？她问。亲，我确定。网购客服都挺热情，一口一个"亲"，给人感觉对方是个温软可人的小妹子，其实也可能是抠脚大叔。李梦梅又问，你真的确定？对方说，亲，真的确定。李梦梅说，如果不是呢，可以退货吗？亲，可以退货。李梦梅说，退货的快递费你们补偿吗？亲，快递费不补偿。李梦梅说，为啥不补偿呢，难道让我掏腰包？亲，根据平台规定，不能补偿。李梦梅说，㞞，这规定够野蛮的。亲，还有什么需要我为您服务的吗？李梦梅说滚蛋。她关了界面。后面她没心思看了，她担心会看到客服一如既往地保持着良好态度说，亲，我滚蛋。李梦梅再次打开那个讲话稿看，她忽然记起来有几处不合适，措辞用错了。她从头开始往下通读讲话稿。楼道里的争吵一直都在，断断续续、忽高忽低地进行着。她感觉讨债的人好像正在深水里走，一步一步，要克服巨大的水压，还有冲击力，他们气力严重不足，没有底气，但还得挣扎，一下一下垂死般做着交涉。我们也得过年哩。我们也得过年哩。又不是我不让你过年！副职或者主任的嗓门高了半个音调，他可能是实在忍无可忍、不胜其烦了。说过多少遍了，去找开发商，去找开发商！活儿是开发商干的，雇你们的是开发商，跟我们没有关系嘛，我们都不认识你们！

气氛冷下去了，有片刻的停滞。就好像是，有浪潮悄无声息却铺天盖地地席卷而来，淹没了整栋楼，包括楼道里争吵的人。讨债的、欠债的，都没能幸免。有人在水面下挣扎。肯定有惊心动魄的场面，但没有声音。李梦梅好像被什么牵引着，不由得站了起来，把身心隐在门里，头探出去张望，当然是装作无意中看过去的样子。五个人，还站在原来的地方。副职或者主任，进去了。李梦梅不再顾忌，放眼大胆地打量——奇怪得很，在这片楼里上班的人，集体地具备了一种品行，或者说行为准则，就是每当看到有人上访，群体和个人都被囊括在内，堵在大楼门口，要进去，见领导，找人，闹事，讲理——自然有门卫不让进，这就开始了交涉。一方面是来者的闹腾，苦着脸诉说不易，或凶着脸恶狠狠地吵；另一方面，挡住去路的门卫，永远是一张喜怒不形于色的严肃脸，任由你怎么闹，都不能放人进去。领导们都在楼里上班，真把人放进去，谁知道会闹出什么麻烦。所有进出大楼上下班的公职人员，不管哪个部门、哪一单位，一般都不会多看眼前进行的纠纷，好像那是一摊稀烂浊臭的泥浆，多看几眼就会溅到自己身上。他们见怪不怪，也视而不见，更置身事外，不愿牵涉其中。这其实是一种在行政环境里生活的必备常识。李梦梅自然也知道这样的行事规则。软规则，没有明文规定，更没人强求，但大家都在遵守。除非你脑子出了问题，才可能会去触碰底线。楼道里吵了这一阵，始终没一个多余的人出来看热闹，就出于背后的这一原因。万一叫哪个单位看到，她难免落个看人笑话的嫌疑。

现在副职或者主任不在，被追债的单位没一个人滞留在楼道。楼道里只有那几个来讨债的。他们看上去就是五个倒霉蛋。李梦梅现在可以大大方方看他们。她先去上了一趟厕所。厕所在左侧，出门左拐就是，不用经过他们。上厕所必须脚步匆匆，显得很憋，憋了才需要抽时间去解决嘛。你见过慢悠悠踱着方步去厕所的？又不是旅游中看风景。她匆匆出门，先去解决问题，然后在回屋的过程中，多看了他们几眼。五人都是一样的倒霉神情。身子靠着楼道，在商量什么，动作有些松弛，松弛里有不愿意服输，可事实上今天又输了的沮丧。同时不甘心，还想再来一点努力，就守着那个门不愿意离远，好像走开太远，让门远离了视线，那门就会忽然消失，变成一堵墙；再或者门外会挂上一把锁子，成为一扇没人上班的门；再或者，他们会迷路，再也认不出那扇门来。楼道里从这头到那头，有好几十扇门，长得一模一样，如果没有门牌，很容易迷路。他们认得出牌子，也不愿意离开。万一门会变戏法呢，错眼一会儿，牌子变了怎么办？他们是新手。李梦梅一边甩着刚洗过的手，一边扫视着走进办公室。不是那种传说中的替人要账的专业户，没有那种亡命徒才有的豪横感觉。这几个人一不敢横冲直撞，二不敢大话冲天，他们只是温吞吞地磨，他们自己首先是底气不足的，看来他们也深知到这里讨账是不合适的，应该有个更对口的地方。但那里没什么作用，只能再来这里了。来了，就将所有的希望都押在这里了。一次两次三四次都没有用，该离开了。冤有头，债有主，但直接的主不是这里。他们还是不想走。再磨磨吧，也许磨磨就会有转机。转机是什么？也许他们没想那么多，他们只是想为一点说不来的可能试一试。人活在世上都是这样，各种情况下都会抱有一点隐秘的奢望。李梦梅坐回原位，看看手机，没人来电话；看微信，没人联系她——不知何时开始，她养成了紧跟时代脚步的一个习惯，也是时代通病，就是看手机。不停地看。隔一会儿看看，隔一会儿再看看，好像手机早已不是一个通信工具，是人体的一部分，不可分割，需要不定时地瞅瞅，关心、牵念、慰问、安抚，生怕一个照顾不周，会惹得手机大人不高兴。刷了一会儿朋友圈，漫无目的，信手划拉，等到发现有些帖子之前已经看过，猛然刹住，感觉索然无味了，放下手机。听得门外有脚步声，有些犹豫，有些难以决断，邋邋遢遢走着，好像舍不得离开。她立刻猜测到是那几个人。五个追债的，一边慢腾腾往前走，一边在留恋，钱没要到，不甘心离去。刚才的又一波纠缠结束了，他们需要酝酿一下，把情绪调整一下，再发起下一波纠缠。他们不是专业的，但也略微地明白了一点死缠烂打的精神，临时执行起来了。

有点困。李梦梅决定喝个速溶咖啡。拇指粗细的袋装咖啡，剪开口，倒进咖啡杯。她备有一个口小肚子大的卡通造型瓷杯，盖子上有个半圆豁口，专门用以靠小瓷勺的。开水注入，再用勺子缓缓地搅动，比咖啡香味更诱人的，是一种仪式感。李梦梅喜欢营造这样仪式感饱满的气氛。卡通杯，时不时飘散的咖啡味，让她在单位同事心目中有了个固定的印象：她是个有情调的女人。单位女性少，三个女的都是普通姿容，长期的机关生活，更加削弱了女性的特征，似乎被男性氛围给同化了。李梦梅没事喝喝咖啡，哪怕只是简易速溶的，和真正的咖啡相去甚远，却也算保持了一点似是而非的韵味。男同事们有时候会夸小李有女人味，懂得生活。李梦梅受到鼓励，越发注重起仪式来，小小的雀巢咖啡，也舍得花时间忙里偷闲地喝，喝出一点悠闲，给紧张刻板的机关生活的缝隙间涂抹了一点润滑油。她心情有点紧张。莫名其妙，也不知道在紧张什么。喝了一口咖啡。烫烫的，浓香瞬间弥散，充斥了整个口腔。挺香的，没放伴侣糖，这样才能距离真正的咖啡近一点。她也知道好咖啡要去咖啡店喝现磨的，又贵，又讲究。她没时间去喝，只能退而求其次，喝点速溶的骗骗自己。人这辈子，退而求其次和自我欺骗，都是常有的事。事事时时都那么求真，求好，人就没法活了。至少她还能喝个热的，门外那几个人来了一上午了，连口水也没得喝。说了那么久、那么多，够费口舌的了。他们要是敲门，进来坐坐，她就给他们倒水喝。她知道这念头荒唐。又不是熟人，真请进来喝水，隔壁单位看到了怎么想？会以为那是她的亲朋或者好友，甚至连来这里追账这件事本身，也是她给指点的门路。她会落个什么影响？不好的影响。虽然隔壁是和她的单位不相干的单位，可往上稍微延伸一下，两个单位就有了交集，同属行政单位，同归一个地方管理，都是国家单位。所以在这个大盘子里，她不能犯错。今天的一时糊涂，也许就为明天的道路埋下了炸药。身在机关，早就学会了趋利避害，懂得了世故，明哲保身是不二法门。都不用别人来教导，在日常当中有的是心领神会并烂熟于心的机会。这样一想，她有些作难起来，好像做了一件错误的事。好在他们没来敲门，脚步在犹豫不决中被什么力量牵扯着，缓缓经过，走了。就这样离开了？李梦梅有一点不甘心。她也觉得自己挺可笑的。这是做啥？离开不是很正常吗？难道真渴望看到他们成功？从他们的表现看，连他们自己也是没敢抱有必胜的目的的。

年关。李梦梅想到了一个很实际的词。年关确实近在眼前。一年三百多天，哗啦啦就要全部翻过去了，留在指尖的只有寥寥数日，她已经跟家人在网上讨论过今年春节假怎么过、哪里过的话题。一八年的旧账。他们中的一个说。贴地板砖和墙面的费用啊。又一个说。材料费不给了，先把人工费给结了啊，我们要回家过年。五个人一起说。大家都要回家过年。五个讨债者，空手回去的话，年关可怎么过？李梦梅懒得去想那里头究竟是怎么个纠葛，新闻媒体上常有曝光，早没啥新意了。她再次进入网页，网站会根据浏览习惯提供她喜欢的东西，李梦梅眼前冒出来的全是女装。她一边喝咖啡，一边点进去看。有时候她会觉得这样很无聊，翻来覆去看的就是这些，看久了也会发现，网站都有营销策略，什么每天上新、限时抢购、秒杀、直播，等等，说白了也就一句话，绞尽脑汁地吸引你买买买，隔着时空不停地从你兜里掏钱，让你喜新厌旧，买回来很快丢开，又迷恋上新的，买了一次又一次，不知道欲望的尽头在哪里。家里衣柜早就装不下了，却还是忍不住要浏览网页，一有空就登录去看。网购兴起来好多年了，悄无声息地占据了现代人生命里的多少时间啊。她舒一口气，开门出去，坐久了全身哪里都疼，需要起来走走，抡抡腿，抬抬手，活动活动筋骨。楼道里没什么人。转几步，走向楼梯口的转角，这是李梦梅常来的地方，一个半开放的小空间，在这里她可以躲起来稍微地放松一下。

角落里有人。那五个要账的，两个蹲着，一个贴墙而立，一个低头看脚，另外一个双手抱着肚子。李梦梅出现，五个人齐刷刷抬头看。他们的脸上明显挂着惊喜和期待。李梦梅也愣住了，傻了三秒钟。她忽然歉疚，嘴角扯了扯，赶紧转身离开。快步进了门，她对着窗子望望外头，心里的波澜才平复。歉疚感慢慢清晰。他们的目光里分明有那么多期待。他们把她当作那个单位的人，接待过他们的副职或者主任；或者当成忽然出面过问此事的正职领导，在寻找他们，要给他们落实欠账的事，告诉他们，可以在过年之前拿到钱，好好回去过个年。他们躲在那角落里有一阵了。她以为已经离开回去了。其实他们一直都在。钱没要到，回去了大概没什么好结果，所以还耗着。不敢在对方眼皮底下耗着，只躲在没人的角落。李梦梅忽然出现，给了他们一刹那的希望，紧跟着是失望。同在一个世界，人跟人活得不一样。有些差距是天上地下的。就像速溶咖啡和咖啡馆里现磨的。出差的时候，在火车和飞机上，你就能强烈感觉到这种差距，以及差距带来的伤害。坐了四年绿皮火车上大学的李梦梅，工作后第一次出差坐卧铺，看到卧铺和硬座的差别，她傻乎乎告诉带队的科长，啊，原来这世上人和人真有差距，是钱造成的。后来坐飞机，穿过头等舱通往商务舱，她拿刘姥姥看大观园的眼神看坐在头等舱座位上的那些人，那是公子哥儿贾宝玉，还有千金小姐薛宝钗。后来就习惯了。人家有钱呗。更有钱的人据说出行都不用挤民航飞机，有私人专机。那五个人大概是农民工吧。李梦梅打开网页，输入农民工，跳出一大串词条和信息。从当初拎着蛇皮袋子，到现在拉着拉杆箱子，农民工已经在我们的时代存在好几代人了，外形也在随时代变化。有一种骨子里的东西是没有改变的，就是对权力和钱财的敬畏。那几个男人的穿戴打扮、说话口气，早就没有刚从土地上走出来的父辈的泥土味。他们已经生长出不一样的气息。和城市有点接轨，但不够、不彻底、似是而非。骨子里还是农民。底气还是带着泥土味。就像李梦梅自己，努力念书，走出农家，进了机关，过的是城里人的日子，但潜意识里还是一个农家女儿。只要看到农民模样的人，就禁不住拿同情的目光去看，骨子里总觉得他们身上应该有一种亲切感，内心深处总忍不住把自己预设在和他们同一立场的角度。尤其去大楼那边办事时候，常会看到上访者在门口和门卫纠缠。她也知道这些来访的老人、妇孺、残疾人，背后大多数都有支持者，或者就躲在不远处看呢。她还是身不由己地产生同情，每次都心酸酸地扫视几眼，为一种不知道却可以预想的权势的欺压和不公而心生一丝愤慨。有时候她也惶惑，自己不也是权力机构的一个部分？哪怕是最细微的部分、一颗螺丝钉，也算身在其中。难道不应该换个立场来维护本身？她为自己的二心而羞愧。世人说女人水性杨花，女子善变，难道不止于情感？这样的念头，会衍生出一点痛苦。一点点，薄薄的，纤细的，像一缕丝，柔柔地挂在心里的一个地方，不会影响生活和工作。

十一点半了。再有十分钟就可以下班了。领导还没回话。讲话稿究竟如何，需要怎么修改，看来要到下午面见领导后才能知道。李梦梅上午的工作基本可以画句号了。后天就是大年三十了。明天再坚持一天，就可以休年假了。她关闭购物网页，清除网上痕迹，准备起身回家。如今单位要求严格，上班时间是不能胡乱上网的。说是那么说，大家还是偷偷摸摸地上，不过得及时抹除痕迹。

有人拍门。门开了一半。她看到了一张陌生的面孔。目光相撞的那一刻，李梦梅有点走神，是一个生人。但马上她就记起来了，是他，楼道角落里，五个男人中的一个。那个擅长说话的男人。他明显有些犹豫，有些胆怯，试探地看着李梦梅，像一个迷路找不到家门的孩子在求救。成年人的世界就是这样。只要能感到一丝温暖，也愿意尝试着靠近，希望借此抓住点儿什么，哪怕明知道最后可能会空手而归。

李梦梅把门拉开到最大。她不是欠债单位，副职或者主任。她甚至和那个单位没什么关系。在这个事情面前，她是局外人。她不用躲藏和抗拒，她和他，以及他的伙伴们之间是平等的。她不用设防，可以坦荡舒展地面对他。是内心的一丝柔软，让她和他们有了关系。一种比空气还稀薄的关联。因为微弱的一缕关联，却让他们循着痕迹摸索前来。好像她这里有光，有暖，有可以安慰他们的东西。她的眼神里没有质询、拒绝、高高在上。她安静地看着他。这安静和友好，他大概觉得意外。他也跟着安静下来了，他本来还有一丝紧张和忐忑，是揣着他自己也说不清楚的期待来的吧。因为有期待，而不自禁地紧张。她的安静、舒展、友善和平静眼神里的友好，帮助他获得了放松。她注意到他本来有些上抬而微微内夹的肩头，忽然松懈了下来。好像有另外一个他，在他的心里轻轻地放下来了。他有些羞涩一般望着她。可能抱有过一丝指望，这一刻卸下了，他变得轻飘飘的。李梦梅猜想他回去后要面对的那些人、要做出的表情，派他们来的人，等他们回去过年的人。他们要背负一些沉重。这是生活里必须支付的筹码。没有完全轻松的生活。生而为人，各有各的艰难。

我不是那个单位的。李梦梅对来人微笑。口气尽量地中立。她做不出漠不相关的冷,既然互相没有利益冲突,就没必要伤害。她暗暗祝福他和另外四个男人,好起来吧。她这样大方,以看不见的厚礼馈赠他们。当然只是画饼。她为这个咬不到嘴的饼而歉疚。你喝水吗?她问。手抓起了一摞一次性纸杯。如果他不拒绝,她会到隔壁水房为他接一杯净化后的开水。一杯水对于他要办的事来说,是杯水车薪的差距,甚至,连杯水车薪的作用都没有,却是她所能提供的心意。可以提醒他,上午不行,下午再来,人太少了,应该多集结一些来,人多力量大嘛,呼啦啦一群,来了齐刷刷立在楼道里,哪怕不说话,光阵势也会让人心烦。你们要不到钱没法过年,那欠债方也别想过舒心年。年关都要跨对不对。难道让一道门,把一部分人隔在门外不让过?她是这楼上的一分子,浸淫机关的经历,让她比他们熟知这里头的一些潜在的门道。事实证明,他们是抱着试撞运气的心态来的。也就是说,他们背后没有门路,没受人指点。碰了钉子,犹豫一阵,也就走了,这个年的关,要怎么过,是他们回去后的事。她可以帮他们,但她不能帮。念头在心的浪里翻了个跟头,就淹死了。她怕把自己牵扯进去。她早已活出了应对生活所必需的世故。

你们不是一起的啊?他的失望不加掩饰,说完,笑了一下,退出去了。门口空了。李梦梅忽然感觉她把门拉开这么大，是一个错误。就像你给别人敞开了一个大大的怀，迎接到的却是一片大大的空。这片空让她羞愧，为自己的轻浮，和毫无价值的怜悯。他，他们，需要的是更实在的帮助。也许就不应该有怜悯。一丝悔意在某个地方爬。触手是软的、腻腻的，是热的。忽然就烫了一下。算了吧。她悄然摇头，拎起包，盖上杯子。电脑不用关，下午还得用。孩子该放学了，她要回去做午饭。锁上门转身的时候她忍不住又望了一眼楼道，楼道有些幽暗。刚响起过一串脚步，是有人下班走了。还有几道门开着，门缝里投出的光，让楼道地板有了一片一片的斑块。也有人还没下班。她属于不早不晚，中不溜儿的；她在单位属于不上不下，中不溜儿；她的孩子在学校成绩也是中不溜儿。她满意自己的现状，不好也不坏，让自己能安心，就挺好的。她穿着不高也不低的鞋，穿过楼道，下楼梯，转弯。在拐弯的那个角落，五张脸本来是低着的，看到她，他们忽然都齐刷刷抬起头，他们看着她。李梦梅感觉心里有个大大的气泡，半透明，充满水汽，水盈盈的。她不看他们。心一硬就过去了。他们的困苦，跟她没关系。她只要克服自己内心的那点善良。只是她有点不能理解，怎么他们就这样看着自己呢？也就是说，她感觉他们看她的目光有些尖锐，好像她欠了他们的账，是她让他们在这里流连了一个上午，午饭时分了还不能回家吃饭，大年三十了还不能回家团聚。所以他们的眼里有刀子。他们让刀刃剐着她的身体。李梦梅有点不敢相信。为了确认,她飞快扭了一下头。是真的。五个大男人,正用仇恨的目光看她。这目光他们哀求那个副职或者主任的时候没有,在楼道里犹豫的时候也没有,她第一次来拐角相撞的时候也没有。现在有了。长在他们的眼睛里,而且在迅速增长。李梦梅加快脚步噔噔噔下楼。她很少有这样凌乱的步履。她感觉危险这样近。为什么?疑惑像一片阴影,刹那间笼罩了她。她有些绝望地跳跃着,楼梯之间的台阶怎么这样多、这样高、这样陡峭,人都哪儿去了?这个点不应该是下班高峰期吗?大楼各个水泥钢筋空间里的人,会潮水一样往下撤。这一刻,他们都销声匿迹了。难道她的时间出了问题,她错过了群体出没可以借助的安全时段?她孤零零的。

最后一个台阶赫然出现。有一只鞋松了,咔嗒一声叫。她栽倒了。其实甩掉鞋光脚跑也是可以的。固有的生活习惯让她有了犹豫。她怎么可以光着脚跑?她甚至怀疑自己的感觉出了问题。没有人威胁到自己的安全。没有任何理由。她没有和人交恶。就在她弯腰把鞋穿回右脚的时候,一个硬邦邦的东西砸在了她的头上。是砖块呢,还是一块铁板,还是别的什么?她克服着脑海里席卷而上的一大片空茫,坚持把鞋穿在脚上。人却跪了下去,再也没能站起来。她死后穿戴整齐，没有任何被抢劫和侵犯的痕迹，除了头顶的一个半开放性创口。所以女公务员李梦梅的死因成为这年春节小城百姓在饭桌上讨论和猜测的热门话题，那热度一直持续到春节假后才渐渐凉下去。

亲爱的

1

时髦的东西长着腿，北京、上海等大城市有的，山区小城也会出现，区别只在于时间的迟早。这不，县城光家政公司就有十来家，王大鹏逐家询问，宣称拥有金牌月嫂的就有八九家。他打电话跟老婆李兰做了汇报，李兰气咻咻地，说，你说了半天，最后用谁，还得我拍板对不对？王大鹏你究竟啥意思，我这么重的身子，能一家一家亲自去看人吗？这点事你都办不好吗！王大鹏委屈，说，我这不是拿不定嘛，如果听公司推荐，一家比一家说得好，都是金牌，都经验丰富，能力超强，工资也高得吓人。我怕万一我选的人你看不上，花了冤枉钱不说，还给你添堵。他嗡嚷着鼻子，一副受了大委屈的口气。

李兰拖着就要临盆的身子亲自去看人。她就是这样，啥事都要亲力亲为，只要是她自己办的，哪怕最后办得并不好，也总是有理由来开脱。比如当初结婚拍婚纱照，婚纱是她选的，拍出来后咋看咋不顺眼，就气不顺。每次生气都要骂王大鹏穷，要不是嫁给个穷光蛋，她就不会为了省钱才选了那么没档次的婚纱摄影店。王大鹏那时候还没有经历婚姻生活的充分锤炼，也就远没有提高思想觉悟，他顶嘴说这和他家穷不穷没关系，当时那影楼可是小城最贵的好不好。事实确实是这样。但王大鹏的还击惹恼了李兰，李兰又哭又闹，说王大鹏欺负人，她要离婚。诸如此类的小摩擦挺多的，七八天发生一次很常见。王大鹏在水深火热里接受改造，居然就熬过来了。和婚前比，他现在变成了一个全新的好男人，和老婆大人打交道的能力有了质的飞跃，大事小事都多多地请示汇报，遇到难以决断的事干脆推给她本人做主，他省心，李兰也满意。

　　李兰锤炼别人的同时，也对自己有更严苛的要求。这不，她一点都不马虎，还真的一家一家去看那些金牌月嫂。看到第五家，她走不动了，虽然是坐着车看，可上车下车，进店出店，在每家店交谈，对比价格，了解月嫂的各方面情况，都是很耗费心力的。一着急她觉得小肚子隐隐疼了起来，好像胎儿也觉得累，在进行抗议。第五家店里的金牌月嫂正好在店里，被老板叫来跟雇主面谈。前头走过的几家，有两家没见到月嫂本人，说还在别人家上班哩，只等跟新雇主签了合同才来。可见金牌月嫂有多吃香,时间都是按钟头算,连过来见见面的时间都不愿浪费。还有两家李兰见了真人,没有一个满意的。一个太老,还是个眯眯眼。李兰担心她眼神不好,又动作迟缓,伺候月子可是精细活儿,容不得半点马虎,李兰想不通这么个邋遢人,究竟咋混到了金牌证。她甚至怀疑家政公司作假,以次充好。另一个倒是年轻精干,可李兰又嫌人家太年轻了,年轻人嘛,肯定不够稳重,缺乏耐心,她可不放心把刚出生的婴儿交给她照顾。其实内心深处她有另外一本账,她是看那个年轻女子模样长得好看,她的第一感觉是这样的保姆不能用,带进家里是要朝夕相处的,自己又在月子里,万一保姆和自家男人有啥勾当,岂不是引狼入室?最稳妥的办法就是从源头上杜绝那种可能。虽然王大鹏能算个好男人,也不怎么好色,但李兰也知道人性深处的脆弱,聪明的女人就不要给他犯错误的机会。

这第五家推荐的金牌月嫂,李兰刚见面就看上了。一来她实在太累,心有余而力不足,腹中胎儿不允许她继续走完剩下那几家公司;二来,这位月嫂确实挺符合李兰的设想。她长得一般,甚至有点丑,中等身材,不胖不瘦,肤色微微泛黑,五官端正,也平淡,属于撒在人群里会转眼就被淹没的那种人。看样子脾气好,眉眼间有一抹微笑,让她显得慈眉善目了一点,这就压制了她的那点丑,变得普通、家常,让你一眼就看得出这是一个从农村来的妇女,但进城已经有了一些时日,适应了城里的节奏,懂得了城里的规矩,也戒掉了农村人一些不好的生活习惯。这就好,城里人的市井和势利她还没完全学到,农村人的淳朴和实在她还没完全丢掉,处在这样一个新旧交替的时间点上,刚刚好。她有三十来岁吧,是中年妇女了。李兰感觉这正是她要找的人。

月嫂叫王金霞。

喊我名字也行,要觉得麻烦,喊老王也好。王金霞跟李兰说。

这时候她们已经签了合同。李兰注意到王金霞的字儿不错,签名工工整整的。三个极为普通的汉字,由她写出来,像一个勤快朴实的农家女子,把自己打扮得朴素利落,恭恭敬敬地立在那里望着你,跟王金霞本人很相像。

李兰笑了,手托着腰,说,老王把你喊老了,还是王姐吧,你喊我小李就成,要不叫妹妹,亲切。李兰认定王金霞会感动的,一来就姐妹相称。李兰觉得自己挺随和的,没有架子。但王金霞只是笑了笑,看不出有多感动,说,生了你打我电话,我手机二十四小时都开机。

为了省钱,李兰选择生产后再让月嫂来,早来一天就多一天的费用,贵着呢,早不起。路上李兰对王大鹏说我生后她就来,去医院的话,工资双倍;只在家里的话,一共干二十五天,一万三,细分下来,那就是一天五百多呢,太贵了,我一天工资才一百多。王大鹏没吭声。李兰知道他心疼钱。请月嫂这件事,一开始王大鹏就不赞同。就算他不乐意,事情还得按李兰的心思推进。现在都已经有了实质性进展。李兰想为自己开脱,也让王大鹏稍微宽慰点,就追加她的意思,说,不过,为了省事,这钱还得花。你不知道月子对女人多重要,坐不好会落下月子病的,一辈子也好不了。王大鹏哦了一声。李兰扭头看他。王大鹏赶紧点头,表示赞同,女人坐月子,这事确实马虎不得,从古到今世人都这么说,肯定不是胡说八道。他只赞同这个。但李兰希望他同样能赞同花重金请月嫂照顾月子这件事。她有的是杀手锏,不只一条。既然他不松口,她只能往出亮杀手锏。她相信收服王大鹏自己能够做到。她叹一口气,说,哎哟没办法啊,但凡有一点点的奈何,谁愿意下血本请月嫂呢?月嫂再好,能有亲妈好?我要是亲妈还活着的话,这笔巨款我肯定就能省下。

车身忽然飘了一下。王大鹏飞快打方向盘,踩刹车,差点撞到了塑料隔离带。李兰知道自己抛出的武器,刺中了王大鹏。王大鹏果然扭头看一下李兰,说钱花了再挣嘛,我多加两年的班就回来了。他的意思是,月嫂应该请,多贵也得请。李兰暗暗一笑，胜利的感觉挺好。但是她感觉王大鹏的口气有欠缺，硬巴巴的，有点冷，好像他被人架刀子逼着脖子一样，才勉强表了态，远不是从内心深处改变了认识。这样的状态，李兰不满意，她希望王大鹏变被动为主动，能够站到她的立场上，设身处地地想一想，才能深刻认识花重金请月嫂的合理性。李兰接着往外抛更有分量的杀手锏，她声音也冷下来，说，你妈要是能来就好了，咱娃以后就让奶奶带，上了幼儿园还有奶奶接送，咱们多省心。她的口气瞬间跃升了一个台阶，从轻微的郁闷到欢快，好像这是个完全沉迷在期待未来一家骨肉团聚、相亲相守的幸福当中的贤惠儿媳妇。

　　王大鹏的脸肯定在抽搐，要么是心在抽抽。李兰这是拿软刀子在扎他的心，用的是寸劲儿。轻轻一下，没什么声息，只有内出血。王大鹏的妈是不可能来伺候儿媳妇坐月子的，也不会来帮助看孩子。她在老家还有自己的生活呢，有几亩地要种，有一个瘫痪在炕上的老头子要照顾。她要能脱开身，王大鹏在李兰这里肯定要有底气得多。李兰抓的是王大鹏的软肋，她知道婆婆没有分身术，根本就来不了。她早早就为养育孩子的事发愁。不管多愁，人生的路还得走，她一步一步提出了应对办法，月子当中请月嫂，后面雇一个专门看孩子的保姆，再后面呢，边走边看吧，她第一次做妻子,第一次要为人母,第一次面对生活里的重重障碍,前路是看不清楚的,也就不用过早地去发愁。

记得第一次提出月嫂方案,尤其听到要花那么昂贵的费用,王大鹏是极力反对的。他不能理解李兰为啥要这么折腾。他说不就是个月子嘛,我来伺候!做饭洗衣换尿布,我肯定都会。说完稍微一想,他确实都不会:这些年饭菜李兰包揽;衣服塞进自动洗衣机就可以,他至多拿着笤帚扫扫地再拖一拖;换尿布嘛——李兰不也没换过尿布嘛,育儿这种事,李兰是第一次,他也是第一次。他又有信心了,说,李兰我会跟着学的,跟你一起学,我们做一对自力更生、快乐幸福的宝爸宝妈好吗?李兰摸着肚子一脸幸福,被王大鹏给感动到了,也就不提月嫂的事了。可女人善变啊,过了几天李兰变卦了,又说到月嫂的事。她说她的几个闺密从自身经验出发,郑重提醒她,月嫂必须得请,如果没钱就只请一个月,最好是多延续一段时间。钱是多,可砸出去是有响声的,具体效果,你请了就知道了。既然人家都请了,李兰认为她不能委屈自己。月嫂请定了,还得是金牌月嫂。

拉锯战伴随着李兰肚子的逐渐隆起,持续了一段时间。后来王大鹏就投降了。很多事情上王大鹏都是这样投降的,从一开始的反对,到后来糊里糊涂被缴械,最后甚至他会变成替李兰跑腿办事的,等于说做了同谋。这次的这位同谋当得不甘心,虽然已经和家政公司签约了,只等李兰腹中孩子呱呱落地,那边月嫂就上门,可王大鹏好像还不能接受既定的事实。他说,那姓王的女人就是月嫂?还金牌?我咋看着一般般,跟大街上随便哪个女人没啥两样,真有那么大神通,把月子里的一切给搞定?

他是实在肉疼那一沓子人民币啊。

李兰的关注点已经从血汗钱转移到了王金霞身上。她回想着那个妇女,包括长相打扮、言谈举止、透露出来的能力和人品。她跟王大鹏不一样,王大鹏脑子里是一疙瘩红灿灿的百元大钞,她思考的却是那一堆钱将要换来的东西,确切说是服务,会不会真的等值。她希望能够,甚至能超过一些,毕竟一万三不是小数目。她希望王金霞不要让自己——她的新东家失望。

李兰这边出院归来,同时王金霞迈进了王大鹏的家门。

王金霞进门的时候李兰从床上下来了,特意迎接她。

王金霞一放下随身物品,就让李兰快去躺着,月婆子不能乱跑的,还是歇着为好。这几年有些人观念不一样了,不认可老先人传下来的一套了,说产妇其实不用坐月子,该干啥干啥,吃酸的喝辣的,生冷不忌,该洗澡洗澡,该梳头梳头,讲究卫生最要紧!但我还是建议遵守老祖宗的土办法,再结合科学护理知识。那些不建议坐月子的,其实也不科学，都是站在外国人的角度说的，欧美人跟我们中国人不一样，体质差别大着呢。人家长期喝冷水，吃生食，肠胃早就是铁打的了；我们是中国人，不能学人家！咱这儿的人，人老五辈就讲究个坐月子。坐月子就一个月，落下病可是一辈子。这月子可千万得坐好了。

这刚进门的第一堂课给李兰听傻了。首先她欢喜，大大地欢喜，好像心里早就在等着这番话了。话里话外全向着女人说话，具体到了这个家里，就是向着她李兰说话。可以说句句都打在了李兰的心坎上。这感觉，好像娘家人来了。就在两个钟头前，李兰躺着指使王大鹏帮她拿下尿盆，他居然流露出不情愿的意思，婉转地表示，她这要求太过了，不就坐个月子，用不着这么小心吧；就算下身侧切了，也不至于不能下地去厕所吧。他没坐过月子，可见过，记忆里他妈当年生他弟坐月子，还亲自做饭呢，哪有这样矫情？他居然用了矫情这样的词，简直有些恶毒了。她当时气哭了。当然，他马上就自打嘴巴，承认了错误。可谁知道他内心深处承认没有。反思如果不是从灵魂深处生发，那也就是做了个表面文章，后面她再使唤他，他可能还是会磨磨蹭蹭，不情不愿。

现在李兰有同盟了。她马上喊王大鹏也过来听。她压制着脸上的喜悦和得意，平静地说，原来月子要认真坐呀，有些人你真得好好听听，听人王姐怎么说的。看你还能不把月子当回事嘛。王大鹏悻悻地扫了眼王金霞。他没法表达自己的想法，这个王金霞，还都是姓王的呢，五百年前说不定就是一家人，咋刚一进门就把他给架到火上烤起来了。本来李兰就够蛮横无理的，没事都能胡搅蛮缠出一堆歪理，现在可好，这个月嫂一进门，两个女人迅速站成了一个阵营，他以后在这个家里成弱势群体了，日子要水深火热了。

后来李兰就知道王金霞初次见面念叨的那篇月子经，是她干到哪里就说到哪里的。第一次进家门她都要一口气说完那段话。那不是家政培训课程中学来的原话，是她自己的独创。她把老家听来的坐月子常识和城里流行的产后护理守则，给结合到了一起。至于对不对，没人追究，也没有因为这个闯出过啥祸。这段话她每换一个东家，只强调一遍。像小学生背诵教科书一样，她闭上眼睛也能一口气说完这些话。然后她就不再提到，开始做一个优秀月嫂该做的一切。这也是让李兰佩服的一点。如果王金霞后面还重复，那她跟农村大妈就没什么区别了。她可是李兰花血本请来的人。一张嘴要是喋喋不休，会给人什么印象？会让人质疑那些钱花得不值。

王金霞的金牌之名不是浪得虚名。她用行动做出了证明。这天她跟李兰说完进门必强调的这番话，算是临门一脚踢进一个漂亮的球，然后她不再啰唆，当时就钻进了厨房，从地上干起，打扫，擦洗，整理。地上干完了，又是灶台和冰箱——生娃前李兰专门清理过卫生，李兰也是利索人，仅仅是她在医院这几天，王大鹏就让家里呈现出一派兵荒马乱。有时候李兰真想不通男人这点本事是怎么练出来的。看来王金霞对这种状况见多了，她一声没吭，也没抱怨，干得风卷残云。李兰觉得挺不好意思的，觉得自己不念叨念叨，解释一下，王金霞难免笑话这个家乱，还会把脏乱差的原因归到女主人李兰头上，王大鹏弄的这个黑锅李兰不背。还有，李兰怕王金霞会要求加工资，合同里月嫂该干的活儿细化得一清二楚，没有包揽正式入职前积攒的所有家务这条。所以人家乒乒乓乓干起来了，干完再提出加钱，到时候怎么办？李兰担忧，就一个劲儿抱怨王大鹏：葱皮蒜皮是王大鹏剥在地上的，一池子没洗的碗筷是王大鹏攒的，灶头面板上的污垢是王大鹏弄的。

坐月子前，我扛着大肚子，都清扫过，我就担心这个人到时候不靠谱，你看看这才几天，五天！五天他就能给人弄成这样！

王大鹏像个犯下错误的小学生，站在厨房门口，走也不是，留也不是，就只能傻呵呵笑着听老婆数落。板着脸肯定不行，李兰不会允许的，傻笑可以稍微减轻一下他的尴尬。

他早就摸索出了对付老婆当着外人教育自己时的应对办法，你就傻笑，呵呵呵，嘿嘿嘿，笑又不用掏钱，能缓解气氛，也能让自己稍微保留一点点自尊心。

王金霞跟别的女人不一样。王大鹏一会儿就看出来了。李兰没看出来。旁观者清。李兰正身在局中，为可能增加的费用苦恼着。身在其中的人，计较太多，反倒乱了自己的阵脚。王大鹏看见这个叫王金霞的大姐，沉默、冷静、利索、条理分明，她很快就干完了厨房里所有的活儿，还原出一个整洁清亮的空间。她这才舒了一口气，擦一把额头的汗，回过头来看李兰，说，你快回去歇着。她没提费用的事。

进李兰卧室前，王金霞换上了一身淡白色的薄休闲服，是她自己随身带来的。休闲服是纯棉质地，宽松舒适，但不邋遢，利于干活儿，而且是干细致的内务活儿。李兰瞅着王金霞的打扮，她对这打扮是满意的，舒适的同时不失得体，这就很好，把握住了一个度。深入家宅做服务，不能穿着正式衣服，累，不便利，影响速度和服务质量；再说屋里有暖气，外出的衣裳穿着热。冬天的单元楼里，李兰这样的居民普遍穿家居服。可王金霞要是白天穿了家居服待在李兰家里，李兰觉得还是不太好，毕竟是外人，又是女性，穿家居服和有男主人的家庭共处一个空间，进进出出，总归是让人不舒服的。

迎接月嫂进门前,李兰把有些细节考虑过了,规定王大鹏在家里穿便服,但不能是家居睡衣,除非天黑进自己卧室睡觉的时候;还有,不许在家里放响屁,在厕所里也不行;出恭不能有响声,如果非得有,就打开水龙头,让水流声起个遮掩作用;还有不能当着月嫂的面谈论家里比较隐私的事,尤其是不能说老婆的坏话,更不能和李兰顶嘴,当着外人的面让李兰下不来台。李兰之前是没有使用月嫂的经验的,这些也是闺密们传授的。她们总结得比较多,总之一要真心相待,和平相处,才能换取人家的真心;二来嘛,就是在信任的基础上,发挥智慧才能,悄无声息地防范和智斗。一句话,月嫂也算双刃剑,你得最大限度发挥她的用处,最大程度规避她可能存在的局限性。有位闺密说得很具体,月嫂要是心肠不好,会狠狠浪费你家东西,用在产妇和婴儿身上的东西本来就贵,尤其是食材,月嫂要是不心疼,肆意挥霍浪费,甚至她自己偷吃,你就等着当冤大头吧。还有更恶劣的,个别月嫂会偷东西,贵重的首饰、现金之类,甚至有偷男主人的,等产妇发现,头上已经戴了一顶绿透了的大帽子。还有后遗症呢,月嫂掌握了一肚子你家的不堪内幕,出门离开后就在她们的圈子当中散播,闹得全世界都知道你家的锅大碗小。

李兰是什么人,脑瓜子转得快,接受能力强,就算一孕傻三年,她拖着便便大腹也能把方方面面可能存在的隐患漏洞都给补上。她让王大鹏修好了他卧室的锁,规定他睡觉反锁门。还有,家里三个卧室,她住中间,让月嫂住一边,王大鹏在另一边,从距离上杜绝了他们接触的可能。还有,既然雇了人,月嫂在的日子,王大鹏除了外出采买,再不要沾手家里的活,和她一样,享受月嫂的全方位服务吧。总之是方方面面、零零碎碎,为了迎接月嫂王金霞入住这个家庭,而这个家庭的日子又不要受到什么影响和破坏,孕妇李兰从行动到心理,做了最全面的准备。

现在王金霞进门就拾起活儿干,好像她早就来过这个家,一点也不认生,话也不多,没听到她抱怨活儿多又苦;接触宝宝前很细致地换上得体的衣服;她拿出的月子营养餐计划也充分结合了本地物产特点,没看到要求提供多名贵的食材,听她自己分析,是既考虑了营养,又照顾到雇主家的经济条件,而且她说起这些来还润物无声,一点都没有让李兰感到有什么不舒服。闺密讲过,有的保姆惯会挑肥拣瘦、嫌贫爱富,你稍微不能满足她的要求,就公然鄙视你家没钱。她们最爱讲的就是前头做过的人家如何如何,要求什么买什么,什么海参燕窝鲍鱼都能整箱整提整袋地买,潜台词就是嫌你家穷。王金霞没有流露这些毛病。更难得的是,王金霞迟迟没提加钱的要求,可见所有的活儿她都归在那一万三的应劳范畴当中了。这就太懂事了，看来李兰两口子真是遇上通透人了。

李兰觉得挺满意的，说明自己的眼光不差，果然挑选了一个顺心的。李兰就偷偷在心里得意，多亏自己提前做了功课，跟闺密讨教过，挑人的时候才不至于看走眼。

心情顺畅，李兰就看啥都顺眼，看王大鹏也没那么碍眼了——这几天在医院，从阵痛开始，到进产房后在产床上死去活来，再到病房里下奶喂婴儿，她是遭罪透了，脾气也强烈地起伏不定。她恨王大鹏，爽的时候两个人一起享受，为啥生的时候就不能让他也分担一些痛苦，而前面十月怀胎的辛苦还没记在账里呢。难怪古人说女人生孩子就是鬼门关上走一遭，生一回就有切身体会了。李兰不是旧社会的女性，可以忍辱负重，把吃苦吃亏当粮食吃。她疼她就喊出来，觉得委屈就要找补回来。婆家没人来，只有王大鹏一个人守在床头。她就拿王大鹏出气，出气的最好方式就是命令他干活，往死里使唤他。明明可以用纸尿裤，她说不科学，对婴儿不好，她坚持用特意网购的纯棉尿垫，尿一次就得洗，一天一夜能换好十几条尿垫。王大鹏说攒一起洗，她偏不，尿一次就让王大鹏洗一次；还让他洗她的内裤和袜子。只这几天，王大鹏就洗尿布洗到崩溃。他举着手闻，说咋闻咋有一股尿臊味儿，香皂、肥皂、洗手液轮番洗都没用，味儿渗进指甲缝里去了，深入皮肤细胞了，弄得他浑身都是尿臊味，感觉进了办公室也到处是尿臊味，他还咋上班呀？咋跟领导同事近距离相处？这抗议李兰不管，李兰说你才付出这点代价，我呢？我怀胎十月，生的时候一佛出世二佛升天灵魂都疼碎了，胖了二十斤，后面还脱发，肚子变形，人变老，我付出的你根本没法比。

　　王金霞把洗涮的活儿揽了。她接手的过程很平静，好像这本来就是属于她的活儿，她包揽了天经地义。本来李兰把刚换下的内裤丢在地下，让王大鹏快拿出去洗。王大鹏忽然觉得当着外人的面，被老婆这样指使，他挺没面子的，况且还是让他去洗内裤。他一个大老爷们，在单位还当着个副主任，在家里混成了三孙子，县城就这么大，万一叫月嫂王金霞回头给传扬出去，他这个男人的威望也就扫地了。王大鹏就硬着头皮说，急啥，攒多了再洗，我有个材料要赶。他没敢直接拒绝李兰，采取了这一折中的办法。李兰瞅了瞅他，强压着火气，说，王大鹏，世界上的啥事都可以稍后，就我这内裤不能堆积，得马上！你知道裤头多放一个钟头要滋生多少细菌吗！李兰口气强硬，一副没事找事的架势。在夫妻之间的领导权上，她不打算让步，即便当着王金霞这个外人的面。日子还长着呢，月嫂在这个家里要共同生活二十五天呢。这一天一天的，从白昼到黑夜，日子是一分一秒过的，难道让她一直维护王大鹏的面子,容忍王大鹏的各种臭毛病?这样下去,等月嫂走人的那天,她和王大鹏的关系——这几年建立起来的现有关系,肯定早就受到了损害,她的绝对领导权肯定要受到挑战。她怎么能甘心?以后拉扯孩子的日子还漫长得很,她得老早把王大鹏牢牢套住,一旦滑脱,再想收紧,可能就太迟了。男人是一种不敢心疼的动物,就算疼,也在心里偷偷疼吧,不要轻易让他看透你的底牌,不然你输就惨了,有你哭的时候。这是闺密们传授给李兰的,说是血泪的教训。

两口子就这么僵住了。这时候李兰还没有意识到王大鹏有着要在月嫂王金霞面前维持一点男子汉体面的欲望。她不懂男人在这一刻的心,她只是奇怪,这个王大鹏究竟咋了,要疯了吗,居然敢跟她顶牛了。谁给他的胆儿,肥成这样!这时候王金霞顺手拎起内裤就走了。接着卫生间传来哗哗的水声。李兰和王大鹏互相瞅着对方。王金霞连产妇的内裤也洗?可不是,卫生间响起了搓洗声。王大鹏似乎有一刹那的愣怔,脸色有点青。李兰瞪他一眼,然后闭上眼睡觉。洗就洗吧,反正这个月嫂干合同约定之外的活儿,不用加钱。不然这每搓洗一下,李兰的心肯定要抽搐一下。很快洗完了,王金霞走出卫生间,又去厨房忙碌了。李兰偷偷去卫生间看,发现裤头洗得白亮,用的是专用肥皂,洗裤头的专用手套湿着，刚被戴过。李兰很满意，再次感叹金牌月嫂的能力，细节处见功夫，你看她干过的活儿，简直样样都好，你没法不满意。李兰对王大鹏的那点气也就散了。王大鹏再没跟李兰说话，脸还是青着，磨蹭到厨房推拉门跟前去了，咳嗽了两声。李兰知道他想跟王金霞说谢谢。王大鹏这个人她最清楚了，四体不勤，嘴巴倒不偷懒。他可能不好意思直接说谢谢，在用别的话搭讪。两个人说到了晚饭。听口气王金霞已经按照月子营养食谱准备食材了。王大鹏说好久没吃长面了，手擀的那种。李兰差点偷笑出声。王大鹏她太了解了，跟一个人没话可说的时候，就聊长面，因为他最爱吃的就是长面。他还告诉过李兰，跟一个人实在没话说的时候，你就聊长面，从调面开始，到醒面、擀面、切面，是一个流程，同时准备羊肉臊子是另一个流程，保证你说上一天不重复；有可能的话，可以从小麦种植开始。王金霞自然不知道王大鹏的底细，李兰听到她笑了，说，想吃长面啊，那我做吧。给宝妈做营养餐，给你下一碗面，哎，一碗还是两碗？

李兰给空气瞪眼，想对着王大鹏质问，你几个意思你，月嫂是给我请的，还是给你请的？你好意思使唤人？你知不知道你使唤了她，我这边服务质量难免会有所下降？可王大鹏这半天居然躲起来不进这个卧室。李兰在心里骂他，有本事一辈子别进来，你躲得了初一，还能躲过十五？

晚饭时分，李兰听到王大鹏在客厅里咕噜咕噜吸溜长面。李兰的月子餐被端上来，李兰想找出点瑕疵，可人家王金霞做得很细心，她没看出这顿饭和平时有啥不一样。那就成，就当王大鹏额外给月嫂附加了工作量，还不用多花钱。王金霞的服务加量不加价，李兰感觉自己不吃亏。

2

王金霞是个老实人。李兰越来越发现了这一点。这发现让她满意。闺密的话还在耳畔回响，那些和月嫂斗智斗勇的小细节，都还清晰可见。偏偏李兰基本上都用不上，王金霞看上去不像个外人，抱着一颗外心，一切只向钱看。她没有。她反倒像这个家的亲戚，像李兰的婆婆和妈的合体，任劳任怨，啥活儿都干，没有婆婆的挑剔刁蛮，又没有当妈的唠叨起来没完没了。她可以说是把婆婆和妈的优点全给提纯结合了，照顾起李兰尽心尽力。很多李兰根本想不到的地方，她默默都替李兰想到了，也做到了，对孩子也疼爱。李兰冷眼打量，她不会嘴上有多夸张地赞美，但一个眼神、一个动作，都含着耐心和细心。每次她摆弄孩子，孩子就显得很舒服，小胳膊小腿儿乐得乱舞，尤其给揉小肚子拍小脊背的时候，小家伙咯咯笑。她额头的头发丛里会渗出细密的汗，她顾不得擦汗，两只手全心全意摆布着孩子，做婴儿操、洗澡澡、换衣服、擦小屁屁，每一个动作里都透着真心真意的温柔和爱怜。李兰心里挺感动的，没想到人家能这么尽心。闺密们警告过说，月嫂会耍奸心，有偷懒、偷吃等各种劣迹，嘱咐她一定盯好了，别花了冤枉钱又受罪。可眼前这个王金霞，你真的挑不出她的毛病来。李兰悄悄跟王大鹏商量，要不给她加点钱？你看，多勤苦的一个人！王大鹏毫不犹豫，不加，你钱多没地方花给我赞助点，我兜里狗舔了一样空，好烟都抽不起了。他既然反对，李兰也就不提了。好像她心里的一点点歉疚，被王大鹏一句话给化解了。她是这样想的，王金霞为她做的一切，都是分内的，一万三千块呢。至于洗内裤、做长面，那是属于王大鹏的活儿，王金霞愿意闷头一肩膀扛起来，这个人情也是王大鹏欠，和她李兰没关系。

　　李兰第二次提起给王金霞加钱，是二十天以后了。缘由是她发现王金霞居然天天给王大鹏做长面。偶尔做一顿，可以理解，这一天天地坚持，二十天如一日，李兰就有些纳闷了。还有出乎她意料的是，王金霞闷声不吭就给做了，王大鹏居然一声不吭就给吃了。要不是李兰无意中发现，这件事就没人告诉她。李兰有点恼火，王大鹏吃面的时候在餐桌上就吃了，不端着碗进卧室来陪她。从前可不是这样的，她大肚子那会儿，他每顿饭都陪着她，看着她吃。她吃了，他高兴，自己才能吃得下去。如今他不过问她究竟吃没吃，吃得咋样，奶水多不多。来逗弄儿子的时候，李兰会念叨，说自己长久不活动，便秘太严重。要是从前，王大鹏肯定就要嚷嚷着带她去看医生，或者上网查通便办法。最近他不怎么吭声。李兰以为王金霞在，他不好意思。毕竟便秘这样的事情比较隐私。后面有一回李兰说儿子夜里醒好几回，虽然是王姐在照顾，可也闹得她睡不好，白天头晕。王大鹏居然也没吭声，只埋头逗弄他儿子，好像李兰的头疼不疼和他无关。李兰多心了：头疼不是隐私吧，夫妻间也不能当着外人讨论？李兰隐忍着，在心里寻找王大鹏变化的原因。是最近没有夫妻生活，从而疏远了？身体是疏远了，可心不应该挨得更近了吗？她是在为他生孩子好不好。观察了一阵，李兰感觉不是这个原因。他显得有点蔫头耷脑，好像学会了沉默，不知道脑子里在想什么。可能是工作压力太大了？也可能是，经济压力大，他承受不住了。李兰在脑子里算了算，确定原因是最后一条。最近确实花销如流水，除了月嫂的佣金是李兰提前攒出的一笔钱，其他一切费用，包括生孩子的住院费，孩子生出来以后的各种零碎用品、她的营养食材购买，杂七杂八合起来，是一大笔钱。王大鹏的账户上还每月要扣三千元房贷。王大鹏肯定是兜里空了，心里着急，又说不出口。

李兰思来想去,觉得这事得怪王金霞。她的到来,严重加剧了她家的经济负担。一万三,另外还有各种你意想不到的开销。比如李兰给孩子买了爽身粉,王金霞建议换个牌子,说这个味道太香,香料添加太多,对宝宝不好,李兰就赶紧换了。新买的是品牌货,价格是那个随便买的两倍。还有纸尿裤、婴儿内衣、湿巾、奶瓶奶嘴……甚至洗尿布的塑料盆,几乎从头到尾都给换了。现在李兰望着身边几乎全部新买的用品,深深质疑,自己当初买的真不好?王金霞提到的就真好?明明也是在婴儿用品专卖店买的,价格不便宜的。她当初就没想从孩子身上省钱。但王金霞就有这个本事。说不好听点,是手段。她不明说你这个不好,那个不对,她只是轻轻地打量着,摩挲着,叹一口气,说宝宝太小了,比花朵还娇嫩,抵抗力还不如一棵小嫩草呢,就该给他用最好的,一点不敢马虎。针对一样物品,她只念叨一遍。她的神态、口气都淡淡的,一点都没有鄙视谁的意思,就好像她是孩子的妈妈,舍不得孩子受罪一样。只听一遍李兰也受不了。李兰心里最怕被人瞧不起,她担心不赶紧给娃换上最好的,会引来王金霞的鄙视。她就赶紧让换,写了条子让王大鹏按图索骥去买。实体店没有,就在网上下单。一天天地,等到李兰察觉,她和孩子身边全被更换了一遍。这些开销纯粹是计划外的。还有吃饭,王金霞不偷吃,她明打明亮吃，每次给李兰的饭都能做多，多出来的总不能倒掉吧？王大鹏吃呢，量又不够，只能委屈王金霞来帮忙消灭。饭菜一周不重样，小米粥、白米粥、糯米粥、黑米粥、香米粥、八宝粥……别看吃到李兰嘴里的只是小小一碗粥，熬煮前配置的用料没个五六种出不来。冰糖、枸杞、葡萄干、莲子、山药、皮蛋、瘦肉什么的，列出来一串。王金霞从不会张口要，每顿饭准备前她有个清单发给李兰，后来李兰嫌麻烦，让直接发给王大鹏，然后王大鹏按要求去买。为了增加奶水量，还熬鲫鱼汤。李兰吃舒服了，奶水白花花的，人也胖了，孩子也以肉眼可见的可喜速度在变化。但细一算账，舒坦日子都是靠金钱在支撑。李兰感觉口袋在冰雪融化一样地往下瘪。其实这都在一开始的预料当中。王大鹏反对请月嫂，就怕这一点；李兰坚持要请，她在心理上也就能接受这个花费额度。

　　那现在又为何感觉难以接受了？问题出在王金霞身上。王金霞是个老实人，金牌月嫂的身份没能改变她的本性。她还是个老实人。在一个老实人面前，李兰的心理就有点微妙了，她能接受一个骄傲而可能随时鄙视她和她的家庭，逼着她不停地花冤枉钱的月嫂，她不能接受一个实在、厚道、完全接了地气的月嫂带动她花了这么多。其实这些花费都在合理范围内，人家王金霞也没明着要求她花，是她自愿的。

问题中有个打不开的结就在这里,她自愿,又觉得自愿得憋屈。凭什么就自愿了呢?越想她越觉得王金霞不是真老实,是个大智若愚的人,哦,不,是个把奸心藏起来了的人,还藏得很深。她有一种本事,你看不见,也摸不着,但你不知不觉地就上了她的道儿,受了她的影响,被她牵着鼻子走。你看看这些多出来的花费,不都是因为她执行她的月嫂服务内容而产生了吗?她不强求,不硬逼,只是很随意地一提,你就不由得跟着她走了,还觉得她的看法很对。你必须这么做,不这么做的话,你就可能会成为她在月嫂姐妹群里笑话的材料——她在那个传说中的群里吗?经常在里头搬舌弄嘴吗?李兰没发现。王金霞不怎么看手机,她说有玩手机的时间,不如好好陪陪宝宝,别看宝宝这么小,也是需要陪伴的,就像最娇嫩的花儿,需要拿清水慢慢地浇灌。听听,这话多么熨帖,好像往人的心坎里打呢。李兰不由得就把手机放下了。本来她对医院护士说的月子里看手机对眼睛不好的那些话,压根没听进去。王金霞不拿她的健康说事,只说宝宝,李兰就被牵了牛鼻子,乖乖地放下手机,学着王金霞的样儿,没事趴在褪褓边逗孩子。

李兰知道自己心里暗怪王金霞,是没事找事,鸡蛋里挑骨头。表面上你真的挑不出王金霞的错。她是一个很好的月嫂。平心而论,李兰的钱花得不亏。如果王大鹏的娘亲自来伺候月子，李兰肯定不会这么舒坦——有几个闺密说过，婆婆伺候媳妇的月子，那就是一场战争，没有硝烟，但绝对是血泪长流，要么东风压倒西风，要么西风欺倒东风，此消彼长，你退我进。一句话，婆媳间真能亲密和睦的少。不是说谁有多坏，谁不好相处，婆媳关系注定你没法百分百无隔阂相处。李兰的婆婆性子急，说话不防头，做啥毛手毛脚。李兰见过她伺候公公的场景：吱溜，一块脏抹布擦脸；吱溜，又擦脚；完了褪下裤子给擦屁股。脸、脚、屁股不分，用的是同一盆水、同一块毛巾，那毛巾都破烂得直掉毛穗穗了。你说那样的习惯，能让李兰舒心？做的饭李兰能下咽？月嫂是外人，有啥不合心意的你可以直接说出来，不用客气，中间是钱在起纽带作用；婆婆的话你真敢说？况且轮不到李兰说任何话，王金霞把所有细节处理得妥妥帖帖，你想到的她给你想到了，你想不到的她也想到了。毕竟是受过专门培训的，又加上颇具实际经验，一个王金霞侍弄李兰母子俩，绰绰有余。据王金霞说她还曾照顾过双胞胎母子的月子呢，那可是俩娃，工作量加倍呢，王金霞都能应付过来。所以她这金牌月嫂不是浪得虚名，而是实至名归。

　　李兰也不知道自己是哪根筋不对劲，觉得王金霞很好，很符合她对一个月嫂的期待。勤快、干净、利索、能耐、细心、懂事，她占全了，李兰无可挑剔；奇怪的是，偏偏李兰心里有种不得劲，老觉得王金霞哪里让自己不满意。哪里呢？她说不上来，就跟王大鹏念叨，一个月要出来了，要不提前辞了她吧，签合同的时候我留了一手，要是用得不称心可以中途辞退月嫂，省下钱来我自己照顾自己，你也帮帮忙，咱就熬过来了。王大鹏有点犹豫，说单位最近有风声要提拔一个干部，他得抓紧时间好好表现，所以没有更多的精力投在家里。还是用着吧，等你满月后再说，他说。李兰自然不会拖王大鹏的后腿，这事就当没发生过，她没有让王金霞察觉。

王金霞一切还是那个样子，该做啥做啥，不拖拉，不偷懒，话不多。李兰睡在枕头上能听到她在干活儿，扫，拖，擦，吸，浇水，在厨房里炖煮煎炒蒸，在卫生间洗洗刷刷，忙得很投入。她要是偷个懒呢，耍个奸呢，李兰觉得这都是人之常情，她能接受，这样的话，一切可能好一点——李兰被自己这奇怪的念头折磨着，她偷偷在网上查，自己不会是产后抑郁症吧，心理扭曲变态了，不然为啥会有这么不合常理的想法，居然盼着王金霞不要这么好。

3

变故发生在孩子满月这天。孩子满月，按本地习俗，这个场合需要娘家人来贺喜。李兰从小没妈，父亲续弦后对李兰早就淡了，李兰懒得招惹他们。婆婆只匆匆从乡里赶来，看了一下孙子就又回去了。婆家娘家都淡淡的，但满月还得过，不给娃过过，李兰这做妈的就不能心安。这件事王金霞也上心，李兰说过吧，王金霞得到命令就干了起来，特意做了一桌菜，还有长面。面做得柔韧劲道，菜配得可口，汤熬得鲜美。她端，让李兰和王大鹏吃。月嫂不是古代大户人家雇用的老妈子，李兰家也不是有钱人家，没人规定月嫂吃饭不能上桌。王金霞却从不上桌，她总是一边给男女主人把饭端上，自己在一边麻利地吃起来了，就站在地上往嘴里刨。李兰劝过，要她不要客气。王金霞笑笑，说站着吃惯了，坐下吃不进去，站着舒坦。李兰知道这是中国人骨子里的一种尊卑观念在作祟，好像出钱的一方就天然地占了尊贵，出力挣钱的就低人一等。王金霞从不上桌，李兰也习惯了。今天她还是不上，李兰就过意不去了，过去把她拉到餐桌前，说今天日子特殊，这一个月母子二人都健健康康的，应该庆祝一下，不凑一块儿热闹不起来。

　　王金霞不再扭捏，大大方方过来坐了。三个人坐成一个简易三角形。李兰挑起一筷子面，借着窗外的光细瞅，说这面好筋道啊，王姐你给加了啥，咋看着像能透明一样，你究竟咋做来？我擀的面下进水里就全断了！

王金霞把一小筷子面喂进嘴里，慢悠悠嚼，咽下嗓子，这才给李兰一抹笑。李兰第一次发现王金霞其实挺耐看的：皮肤是有点黑，也粗糙，可细看的话，会发现这黑中泛出一点健康的红；她爱笑，笑起来嘴角往左右翘，两边腮部隆起，隆得最高的地方偏偏塌下去，两个圆圆的酒窝就出现在那里，嘴里还露出两颗白白的虎牙。已经是中年妇女了，这酒窝和虎牙，却让她显得像个小孩子，显得快乐、俏皮、淳朴，对世界充满了满足，干啥都是高高兴兴的。

李兰暗暗为自己在过去的二十五天里表现出的漠然而愧疚。她从来都没有好好看过她一眼。这个王金霞，自从进了她家的门，就是月嫂，打工来的，靠伺候月子挣工资的。而李兰本人，是花了钱的雇主、东家、老板，是享受被伺候的人。优越感，是一开始就有的，好像从骨子里就有了，从说定一个月一万三千元的佣金起就注定了。这样的状态真好。这感觉真好。李兰回想过去的二十五天，一切都好。一万三千元划分出了等级，一切明确有序。王金霞算个好月嫂。如果要生二胎的话，李兰觉得还应该请她。贵点怕啥？能买到好的服务才最要紧。李兰第一次给了王金霞真诚佩服的笑脸。自从她进门的这段时间里，李兰有意保持着一种距离、一种戒备，她不愿意完全解除这道墙，她知道人和人的距离就是这样的，该是什么样就得是什么样。王金霞做得再好,也是花钱雇佣的月嫂,不是亲姐妹,不是好闺密,不能对她太好,不能把家里所有的底细都告诉她,也不能给她一个无遮无拦的心。得让她时刻记着她的身份,一天五百多块钱呢,她得付出跟五百多等价的服务来。现在这个勤恳实在的女人就要走了,李兰心里有一点舍不得——是舍不得她的人,还是她提供的舒适和周到?李兰笑笑,都有吧。还是钱亲啊,花到哪里哪里好。李兰的笑里有了一点言不由衷。

　　王大鹏吃完了一碗面。额头出汗了。他显得幸福知足,完全沉浸在长面的享受里。李兰准备提醒他再吃一碗,月嫂要走了,以后这样好的长面可就轻易吃不到了。没等李兰说话,王金霞伸手拿过王大鹏的碗,端起一碗面倒进了王大鹏的空碗,又用筷子挑了挑,把面摆顺了,再挖一筷子辣椒油搅匀,然后推给王大鹏。李兰慢慢地看着,看呆了。因为她发现王金霞添给王大鹏的那碗面,是王金霞已经吃了几口的,那筷子也是王金霞用过的。什么时候,王金霞和这个家里的人熟悉到了都可以混用餐具的程度了?她做饭都是戴着透明面罩的,每次给李兰端饭,也戴着口罩。李兰对王金霞的卫生,从来都没有质疑过。可是,王大鹏就能这样百无禁忌了?李兰咽了一口口水。她怀疑自己看错了。也许那碗面王金霞压根没吃呢。可自欺的感觉分明很不好,刚才王金霞明明已经吃了,李兰还注意到她吃面的时候有个习惯,把面挑起来，抖抖，抖顺溜了，再卧回去，然后往嘴里喂。也许她是忘了，无意的。也许，是乡下人，不好的生活习惯一直没有改过来吧。伺候月婆子的时候能遵守规定，伺候别人的时候就大意了，毕竟王大鹏一个大男人家不是月婆子。但李兰看王大鹏的目光里有了刀光剑影。她咳嗽了一声。是那种别有用心的干咳，提醒王大鹏快看她，她有事情要用目光交代。这是他们在婚姻生活里磨合出来的交流技巧，相当于暗语，专门用在有外人在场，李兰又有紧急事情要求王大鹏遵守的情况之下。以前李兰用得顺溜，王大鹏配合得也很默契，基本上每次他都能领会李兰领导在紧急状态下用特殊通道传递的情报。

今天王大鹏没抬头。他好像失聪了，没听到李兰在发号施令。把筷子插进面条里，把碗往面前挪挪，埋下头开始吃。呼噜呼噜呼噜，他跟个乡下老汉一样，吃得投入、香甜、粗鄙。李兰感觉肺管子里呛了美美的一口气，火辣辣的，要不是王金霞这个外人在场，她咣一声就能把手里的饭碗扣到王大鹏脑袋上去。真是个粗人！进城多少年了，她盯着纠正多少次了，好不容易培养起来的城里人的生活习惯，他咋又给忘了呢？一夜回到解放前啊。她又咳了两声。接着，再追加三声。在他们以前的生活里，三声追加的情况极少出现，因为王大鹏一般会在两声干咳以后做出恰当的反应。不能等到三声。三声的后果是雷霆风暴，是两个人半个月的冷战，或者闹得鸡飞狗跳，或者直接去民政局办离婚。这也是李兰的杀手锏，更是他们关系的底线。王大鹏这些年极少去触线，才让他们的婚姻顺利维持到了今天，才有了同心同德生下一个孩子，并且早商量好一定要把爱的结晶培养成一个人人羡慕的优秀人才这样的大好局面。

  王大鹏这是怎么了？啥时候变得这么有脾气了？李兰不得不认真打量。说实话这一个月她只顾着做一个产妇，忙着产后恢复，怎么找回少女腰身；再往前推，这近一年，她全心忙着做孕妇；再往前推，近几年，她沉浸在由女孩变成女人的适应当中，她几乎再也没有好好看过眼前的这个男人。处对象的时候带着挑剔的眼神看过，然后就是漫长的磨合期。这个过程当中好像就把这个人给忽略了。李兰用恨铁不成钢的眼神瞪着，她已经顾不得王金霞在场。二十五天，相处得还行，王大鹏的表现也还行——不，有好多地方她已经隐忍很久了，只等着王金霞一走再算总账。要说有什么令人满意的地方，那就是李兰觉得她和王大鹏在王金霞面前的表演还好，基本上没什么大破绽，是一对恩爱夫妻。李兰气不顺的时候抱怨，王大鹏一声不吭，沉默是金，在金子面前李兰也就没脾气了。那么王大鹏今儿咋了，吃了豹子胆了，还是吃错啥药了？就剩下这最后一天，一顿饭，吃完，拾掇完，结算清楚，王金霞就要走人。然后日子会回归到原来。关起门来，两口子想怎么闹都是一家人，你问候他的祖宗十八代，他关心你的父母家人，都有过，也都很快彼此原谅。两口子过日子嘛，不打不骂不自在，吵吵闹闹、摔摔打打才长久。王大鹏今儿居然连最后这一天都不忍了。他怎么了？被谁灌了迷魂汤，疯魔了？

李兰有些无奈地望着这个忽然拧巴起来的男人。她发现他跟自己印象里的那个人有了出入，不像了，显得陌生。这发现够让人心惊的。一抹奇怪的感觉，像一只小而多足的虫子，在身体的某个地方慢悠悠爬行。她想伸手碾死它，又茫然无措，因为她明确发现，找不到虫子在哪里。胸脯忽然很胀，左右两个乳房同时醒了，疼痛感一起袭来。她有种渴望，奔回卧室，让孩子的嘴叼住乳头，狠狠地吮吸一番。吮吸一边，让另一边受惊，奶水白白地流淌吧，只要能释放憋胀带来的胀痛。这几年她原来一直都在慢慢地远离他。他们，在互相远离。也许他到现在也没有察觉到。她是蓦然发现的。是生活本身的力量在作祟，膨胀出一股巨大无形的张力，把他们框定在一个狭窄的空间里，却又一点点拉远曾经近到无缝衔接的距离。他老了，确切地说，是有了老态。三十岁还没到，说老有些夸张，但你得相信，确实是老态，属于年轻人独有的那么一种老，让人沮丧。这不是一种好的感觉，会把人变得尖酸、刻薄，没有了幽默。他胖了。脸大了一圈。轮廓还在，撑大了一圈。五官也是原来的模样，却好像漂浮在一片白茫茫的水面上。水面以下连成一片，削弱了原本的棱角和线条。柔和，模糊，五官的界限不再分明、清晰。是油脂，这几年好伙食里头的牛羊肉，让他发福肥胖，整个人比刚结婚那会儿臃肿了一圈。该减肥了——李兰有了念头，也等于是下了决心，只要她下了决心的事，后面都会被无条件执行起来。王大鹏是个好士兵，什么时候都能坚决执行他家女元帅的军令。咋早没察觉他胖成这样了呢？李兰有点懊悔，早发现的话就让月嫂王金霞给调理调理，饮食上合理，再让他跟着自己做做运动，肯定不至于胖成这样——她这段时间天天做产后恢复，松弛的肚皮明显收紧了。让他去健身房锻炼的念头也在脑海里一闪而过，她让它高高飘远，不去抓捕，那又得花钱，不划算！她懊恼的是，错过了利用王金霞的时机，应该让她也给王大鹏制定一个利于减肥的营养计划并执行起来。月嫂是花钱请的，让她同时帮忙服务一下男主人，应该没啥大问题。她额外做饭，洗产妇的内裤，替代了王大鹏的活儿，她不也一声没吭嘛。她是个好月嫂，李兰心里想着一定得把她介绍给有需要的熟人。

　　李兰知道自己在极力回避一个问题。亲眼所见的，就在刚才活生生上演的——王金霞用她的筷子，把她吃到中途的一碗面倒给了王大鹏，她的雇主、男主人。她不是无意为之。空气里已经有了危险的气息。冷兵器已经架了起来，利刃森森，寒光隐隐。宣战的号角早已吹响，只是李兰还在自欺。她把所有好斗的触角缩回了一个看不见的壳儿，她想做一只乌龟多好，做一个尚未出壳的卵生生命多好。风雨被壳儿遮挡。她只需要一小点庇护。她是个产妇，今天出月子，以后不是产妇了，是哺乳期妇女；再以后，是妈妈。她做梦也没想到过，要准备一点坚强来面对今天。她傻傻坐着，脸上挂着傻傻的笑，时光就这样倒退了，她成了未找对象，没结婚，很早很早之前的，一个单纯的女孩。单纯这个词儿，多好啊，好到让人怀念，没有来得及蒙上尘垢。天是蓝的，蓝天的蓝；云是白的，白云的白。就这么简单。很简单。不是吗？她不再看王大鹏，把含笑的目光看向王金霞，示意由她来。多善良的侵略者，都有揭下面具的一刻。

　　王大鹏抓住了王金霞的手，左手。他有些慌乱，但是坚定，慌乱反倒让他更加坚定。他又抓住了右手，抓住了两只手，好像王金霞的手是两只鸽子，不牢牢抓住就会抖翅飞走。他用这样拙劣的方式宣战。李兰看得出他的犹豫和挣扎。李兰听见自己在心里叹了口气。她用悲哀的目光舔舐这个男人。这个不争气的男人。培养他这么久，好几年呢，她从吃喝拉撒到一切举动，事无巨细，都有要求，都不辞辛苦地盯着。就算要背叛,要做坏事,那也要做得漂亮点啊,干脆点,洒脱点,甚至流氓一点,那也像一个男子汉,李兰心目中的男子汉。偏偏他不像,他没长进,也许过去的长进,只是假象,被她逼出来的。这一刻他原形毕露,他又回到了那个既窝囊又胆小的他。这样一个小男人一样的王大鹏,他正牢牢抓着王金霞的手。李兰觉得耻辱感达到了极限。他可以理直气壮地宣战,可以骂她,甚至动手打她,指出她的全部不足,指责她的所有劣迹,鞭挞她作为女人的失败,她都能接受。在他这一刻那没出息的样子面前,她真的觉得她能接受前者。我要娶她。王大鹏说。说完他把王金霞抓得更紧了,好像他一松手王金霞真的就哧溜一下飞走了。

好啊。李兰微笑着说。她告诉自己必须笑,现在天就是塌下来,把她压成粉末,粉身碎骨之前她都要笑。笑是一种武器,唯一的武器。就算不能刺伤他们,也能支撑起自己需要的一点可怜的尊严。她心里有一千个声音在质问,在怒吼。她比我好吗?漂亮?年轻?有钱?还是更爱你?王大鹏你得给我答案!她压着那个声音,不让另一个李兰从她的躯体里脱壳而出,高高飞扬,像箭矢一样,全部射向王大鹏。虽然她恨不能将他扎成刺猬,让他寸寸碎裂。但她必须保持该有的尊严。这可怜的尊严。过去的二十五天里,她将王金霞当老妈子,她花了钱,她就有权力使唤她,王金霞只有一刻不停地忙碌，她心里才舒坦。钱就是这样不好挣。钱就是这样万能。花了钱鬼都能推磨，不要说你只是一个伺候月子的保姆。

她看见王金霞用笃定的眼神看着她。这样安静、有力，吃定了一个人，立于不败之地，甚至含着恭敬谦卑的笑。这笑具有欺骗性。她骗了李兰，也骗了王大鹏。王大鹏要做扑火的飞蛾。李兰知道自己救不回来了。李兰第一次发现王金霞其实挺有女人味的，她不戴围裙，不戴袖套，不戴卫生帽，不戴手套，她解除了职业装扮，那一层厚道、老实、苍老、平凡，都被解脱了。她从一个固有的印象的壳里被剥离了出来。她肉墩墩的，饱满，热情，洋溢着祥和温暖的生活气息。李兰醒悟过来了，早在她进门的头一天起，从一碗顺手做的长面开始，她对王大鹏的征服之旅就开始了。可笑自己丝毫没有察觉。原来这二十五天当中，自己才是最愚笨麻木的那个局外人。

离婚手续办得很快。如果李兰提出哺乳期不能离，这婚姻至少还能在名义上持续。李兰自己要离，决心下得义无反顾，八头牛都拉不回。双方都没有父母来劝，事情就很快有了结果。婚姻时间不长，互相在彼此生命里嵌入得也就不算太深，财产分割也很明晰。六个月后李兰要上班，将孩子送进了托儿所。孩子还没满三岁她就给报了幼儿园。三年时间，足够她想通一个问题。那就是一没颜值、二没学历的农村妇女王金霞，凭什么俘虏了王大鹏的心。是那一手好茶饭吧，天天长面，是伺候人的本事吧，是吃苦耐劳的精神吧。只是享受了这些的王大鹏，会不会有一天厌倦呢？面条馒头的胃口能维持多久呢？王大鹏其实也算得上好色，当年从人丛里挑选了李兰，就是看中她长得漂亮。因为这外貌的悦目，他愿意包容她一切的不足。男人原来是这样的有趣，说变就变了。人往高处走，让他变心的人应该比李兰漂亮、有钱、有地位，或者别的更耀眼的长处，李兰会输得服气。问题是她输给了王金霞。那么普通的一个女人，还比他们大了好几岁呢。王大鹏还是挺让人难以理解的。李兰一边想，一边苦笑。

送孩子上幼儿园的某个早晨，李兰见到了王大鹏。一个吊着眼屎、胡子邋遢的王大鹏。他好像骤然苍老了不止三岁，猛然撞见的第一眼，李兰还以为看错人了。我想见见儿子。他像个孩子一样，搓着手，不敢上前，又很想近前，目光贪婪地瞄着李兰牵着的孩子。

李兰没有生气。别后一千个日夜，她只要想起他就生气，恨不能把他挫骨扬灰。奇异的是眼前猝不及防地见了，她的气倒没了，变得心平气和了。她含笑望着他，感觉他就是个路人，她在跟路人打个不咸不淡的招呼。他抱住儿子，先上上下下地瞅，然后一把摁进怀里，往胸腔深处按压。孩子哇哇哭叫，手打脚踢。李兰淡淡看着，目光很远，是一个路人在看另一个路人。大家两不相干。孩子拒绝喊爸爸。王大鹏尴尬，为了缓解尴尬，他搓着手对李兰笑，说长大了，时间真快。李兰想快点离开，敷衍地点点头，忽然说你更胖了啊，王金霞的长面还是好，养人。她脑子里努力想王大鹏三年前的模样，和眼前相比，那时候他其实算不上胖，至多是一点刚刚鼓胀起来的虚胖。还真是人家王金霞有本事，三年把他投喂成了真正的胖子。她脑子里闪过王金霞做活儿的情景，真不愧是金牌月嫂，啥家务都能干，干啥那么认真细心。如果现代社会还有温良恭俭、吃苦耐劳的好妇女，她能排第一。能被她伺候后半辈子，王大鹏有福气。

王大鹏的神情出现一刹那的恍惚，弯下腰抱了抱儿子，然后一言不发就走了。后来李兰才知道王金霞和王大鹏压根没有结婚。王金霞有男人，有娃，还有手艺，很快就到北京去干月嫂了，据说一个月收入四万。王大鹏先后找过两个二婚妇女，都过不长，很快就打打闹闹地离了。这时候的李兰已经结婚了，二婚丈夫还算好吧，有工作，顾家，没家暴倾向，遗憾的是双方都带着前婚的孩子，这就难免比头婚家庭多出来一些矛盾。为了解决矛盾，弥补这个家庭的裂缝，李兰的肚子又大起来了，她想和这个男人生一个两人共同的孩子，这样才有望拉近她和他的距离。至于王金霞报复她的原因，她至今也没有真正想明白。